脳科学捜査官　真田夏希

ビター・シトラス

鳴神響一

角川文庫
24576

目次

第一章　海が見える学園

【1】

一二月初めの月曜日の午後だった。真田夏希《さなだなつき》は上司の中村《なかむら》心理科長に一通の依頼文書を渡された。発信者は生活安全部の少年育成課長だった。

文書に目を通そうとしたところで、中村科長が口を開いた。

「来週、月曜日の午前中に中郡大磯町《なかおおいそまち》にある私立の《湘南《しょうなん》ハルモニア学園小学校》に行くように。小学五年生の児童に『ネットで楽しく話そう教室』の授業をしてほしい、との少年育成課長からの要請だ。当然ながら、織田《おだ》刑事部長の許可も出ている。授業時間は四〇分程度、九時半に少年育成課の職員が公用車で迎えに来る。その者に従って現地入りをしてくれ」

いつものようにまったく感情のこもっていない声で中村科長は告げた。

「わたしが小学生に授業をするのですか」

意外な依頼内容に、夏希は驚きの声を上げた。

「そう書いてあるだろ。しっかりやってくれ」

表情を動かさずに中村科長は言った。

これ以上、中村科長になにを訊《き》いても無駄だ。この要請は受け容《い》れるしかない。

自席に戻った夏希は、『ネットで楽しく話そう教室』というテーマで、自分にどんな話ができるのかを一所懸命に考えてみた。

夏希に児童相手の授業をした経験などあるはずもない。臨床心理士として、児童と話した経験自体もそう多くはない。五年生というと一〇歳前後となるが、その年齢の子どもの発達段階も具体的には少しもわかってはいなかった。

しばらく悩んだ夏希は、「子どもたちの顔を見て話す」というあたりまえの結論に達した。日常的にネットを使う子どもに伝えたいことはいくらでもある。必要だと思うことをわかりやすく話して、子どもが理解できない顔をしていたらやめればいい。

そんな方針で行こうと考えを決めた。

そもそも少年育成課は、夏希に対して一方的に要請してきたのだ。できる範囲で授業をこなすしかない。

　授業当日の九時半頃、海岸通《かいがんどお》りの県警本部から一人の制服警官が迎えに来た。

「真田分析官の出張のお供で参りました少年育成課の小林凪沙《こばやしなぎさ》です。《湘南ハルモニア学園小学校》まで、往復を運転します。よろしくお願いします」

　巡査部長の階級章を付けた凪沙は、明るい声ではきはきとあいさつした。

　よく陽に焼けた小顔にショートカットが似合っていて、スポーツが得意そうな雰囲気を持っていた。

「こちらこそよろしくお願いします」

　夏希はにこやかにあいさつした。

　凪沙が運転するシルバーメタリックのライトバンは、科捜研の駐車場から新山下《しんやました》第二料金所に向けて走り始めた。

　車内で二人は他愛《たわい》もない会話を続けて大磯町を目指した。

　二八歳だという凪沙は、海老名《えびな》署で交番勤務の後、いくつかの所轄で生活安全課の防犯少年係に勤務して、この春から本部の生活安全部少年育成課に所属しているとのことだった。当然ながら、神奈川県警の警察官が講師となる今日のような少年を対象とした特別授業も少年育成課の所管となる。

ちなみに法律上は、少年という言葉に男女の別はない。たとえば、「犯罪少年」は少年法と少年警察活動規則に規定される言葉だが、「罪を犯した一四歳以上二〇歳未満の少年」のことで女性も含まれる。現代の日本の法律上は、少女を示す言葉はない。

ちなみに児童福祉法では「小学校就学の始期から、満十八歳に達するまでの者」を少年と定義しており、少年法では「二〇歳に満たない者」を少年と定めている。

いずれにしても、警察内部では小学校就学くらいの年齢から二〇歳に満たない者を「少年」と呼び慣わしている。

大磯に向かう小田原厚木《おだわらあつぎ》道路は比較的空《す》いていた。

「子ども相手なんて初めてなんで、今日の授業は心配なんですよ」

ライトバンの助手席から夏希は凪沙に本音をぶつけた。

「まさか真田さんからそんな弱気な言葉が出るとは思いませんでした」

凪沙はステアリングを握ったまま横顔で笑った。

「そりゃあ小林さんみたいに、日頃から少年と話している人とは違いますよ」

冗談めかして不機嫌な声を作って夏希は言った。

「でも、真田さんはコミュニケーションでは、県警で誰よりもすぐれた方だと伺っています。それに数々の難事件を解決なさった刑事部のエースですよね」

まじめな声で凪沙は言った。

「なにを言っているの。わたしは心理分析官で刑事じゃないし、刑事部でも端っこにいる存在なんですよ。対応した事件が解決できたのは、まわりのみんなが優秀で頑張り屋だったから」

胸の前で夏希は手を横に振った。

謙遜《けんそん》というわけではなく、夏希自身がいつも感じていることだった。

夏希自身が事件の読みを大きく間違えて仲間たちを危険な目に遭わせたことさえあるのだ。

「そんなことありません。真田さんはわたしたち女性警察官の憧《あこが》れの存在です。もちろん、みんなが辿《たど》り着くことができない高みにいらっしゃいますが、わたし自身も真田さんのような警察官を目指したいと思っています」

凪沙の声はいくぶんうわずっていた。

困ったな……虚像だけが大きくなってゆく。

それにしても、刑事部だけでなく、生活安全部にまで自分の噂がひろまっているとは……。

「それって買いかぶりだよ」

冴《さ》えない声で夏希は答えた。

「あの……真田さんのコミュニケーション能力って、お医者さんの経験があるからじゃないですか」

とつぜん、凪沙は妙なことを言い出した。

「え？　わたしの臨床医の経験？」

夏希は凪沙の横顔を見つめて訊いた。

「そうです。わたしの個人的な意見なんですけど……名医っていうか、いいお医者さんって患者の痛みや苦しみをちゃんと聞き出す、すぐれたコミュニケーション能力を持っていますよね？」

まじめそのものという凪沙の表情だった。

「まぁ、コミュニケーション能力は、医師には第一に必須《ひっす》な力だとは思う」

夏希は確信していた。病気の情報を誰よりも持つ人間は当然ながら患者本人である。もちろん、医学の進歩は各種の検査機器の能力によって本人が気づけない無数のデータを明らかにする。このデータを軽視する医師はいないが、患者の訴えを聞き流す医師は存在する。

数値を見て患者を見ない医師にはなるまいと、医学生の頃から夏希は強く思っていた。

「それって精神科のお医者さんも少しも変わりはありませんよね。いえ、むしろ、とくに必要とされるんじゃないんでしょうか」

　ますますまじめな顔で凪沙は言った。

凪沙の言うとおりである。ほかの診療科目に比べて、精神科や心療内科では医師と患者のコミュニケーションは比較にならないほど重要な課題となってくる。

「まぁ、それはあるかも。こころが痛いのもシクシク痛いとか、ズキズキ痛いとかの違いはあるよね。もちろんこれは言葉のアヤだけど……」

　自分の患者が自殺してしまう経験は夏希も持っていた。臨床医をやめるきっかけになったつらい記憶だった。あの経験は患者のこころの痛みを医師がどう感じ取るかという課題として、いまでも常に夏希を責め続けていた。

「そう思います。だから、お医者さまの経験もお持ちの真田さんは、高いコミュニケーション能力を備えていらっしゃるんですよ」

　敬意の籠《こ》もった声で凪沙は言った。

「仮にわたしのコミュニケーション能力がすぐれていたとしても、子ども相手は別の話だよ。今日の授業は五年生だって言うじゃない。わたし、五年生の子どもの発達段階なんて、教科書レベル以上のことはまったくわかっていない」

夏希はとまどうばかりだった。

「いえ、真田さんなら大丈夫ですよ」

自信たっぷりの調子で凪沙は微笑んだ。彼女は児童と接した経験は豊富ではあろうが……。

「わたしには子育ての経験もないんだよ。具体的に五年生の子どもがどんな背丈で、どれくらいの大きさなのかもわかってはいない」

夏希は子どもに対しては苦手意識が強かった。とにかく子どもとふれあった経験が少なかった。臨床医時代にも患者としては診察した記憶がない。勤務していた病院では別に児童精神科医も在籍していたのだ。

「わたしも独身です……でも、心配しすぎですよ。子どもって相手に合わせるんです。あんまり小さい子は別ですけど、中高学年の子どもは相手が警察官だと、それにふさわしい授業の受け方をします」

凪沙は明るい声で言った。

「どういう意味？」

夏希には言葉の具体的な意味がわからなかった。

「つまり、おとなしく聞きます。たいていの児童は警察官に憧れとともに恐怖感を抱いていますから」

さらりと凪沙は答えた。

「警察官の話をちゃんと聞かないと、逮捕されちゃうと思っているとか」

冗談めかして夏希は言った。

「そんなに具体的には考えてないんじゃないですか……ただ、警察官に対して権威というか権力を感じていることはたしかです。学校教育は、そういった力には従うような人間性を育《はぐく》んでいるような気がしますね」

夏希の言葉を冗談とは思わなかったのか、凪沙はまじめな声で答えた。

「へぇ、権威に弱いというか、権力には従うというか……子どもはそんな感覚を持っているのか」

夏希は驚いて訊《き》いた。

「ええ、まぁ警察にとってはプラス面を感じ取らなきゃいけないんでしょうけど」

あいまいな声で凪沙は答えた。

「そんな国民性を育てているのが学校という場所なんだね」

夏希は低くうなった。

たしかに自分が子どもの頃から受けてきた学校教育には、そうした側面があったことは否定できない。

《湘南ハルモニア学園小学校》は大磯町の山ののどかな景色のなかに建っていた。

ライトバンは、陽光に輝く白亜の校舎がそびえる丘へと静かに登っていった。

葉の落ちた雑木林に囲まれたなだらかな斜面に、ふたつの三階建ての校舎が並んで建っていた。

立派な白御影石《みかげいし》造りの門柱にクルマは近づいていった。

前方の青銅色の門が行く手をふさいでいるところで、右手にカメラとマイクが備えられた銀色のボックスが立っていた。

「神奈川県警の者です」

凪沙はボックスに顔を向けて名乗った。

「ご苦労さまです」

年輩の男性の声が返ってくると、校門は自動的に左右に開いた。

門を通りすぎたクルマは、広々としたアスファルト敷きの前庭に入っていった。

前庭の中央に植え込みに囲まれた噴水が美しい風景を作っている。

その向こう側に二棟の校舎が近づいてきた。

前庭の校舎寄りに設けられた駐車場に、凪沙はライトバンを乗り入れた。

西側の建物から数人の男女が出てきた。教職員らしくきちんとしたスーツ姿の人々だった。

「真田先生、わが《湘南ハルモニア学園小学校》にようこそ！」

スリーピースを着込んだ白髪の紳士が、先んじてにこやかにあいさつしてきた。

明るく覇気のある感じで、六〇歳前後の小柄な男性だった。

「よろしくお願いします。刑事部の真田夏希です」

「生活安全部少年育成課の小林凪沙です。今日は真田分析官の助手役です。お世話になります」

夏希と凪沙は次々に頭を下げた。

「校長の瀬田《せた》正之《まさゆき》です。お目に掛かれて大変に光栄です。さぁ、こちらへどうぞ」

瀬田校長は、夏希たちを二つ並んだRC構造の三階建ての西側の建物に招じ入れ、さらにエレベーターで西棟三階の応接室へと案内した。

夏希たちは明るいグレーのレザーソファに座った。

瀬田校長、川勝秀雄《かわかつひでお》教頭、五年生の担任である泉沢陽菜《いずみさわひな》教諭が、対面のソファに次々に腰を下ろした。

夏希たちと学校側は、にこやかにあいさつを交わした。

入ってきた若い男性職員がオレンジジュースらしきものが入ったコップをカフェテーブルに置いて一礼して去った。

「地元の大磯産みかんジュースです。大磯でも最近はみかんの生産を盛んに行っています。どうぞ」

はずんだ声で勧める瀬田校長に従って、夏希たちはコップに口を付けた。

さわやかな甘さが美味《おい》しいジュースだった。

応接室の南側は一面のガラス窓となっていた。

緑の丘の遠くにはまっすぐ水平線が延びていて、蒼《あお》い海には陽光の反射がまぶしい。

夏希はこんな風に丘の上から遠くに水平線を望むのが好きだ。

自分のふるさとである函館《はこだて》は地形が複雑なために、こんな単調な海岸の景色はない。

だが、函館周辺の渡島《おしま》半島のあちこちではこうして緑の高台から水平線を望む風景が見られる。

もっとも道南の一二月は、すべて風景は雪で覆われていることが多い。

「この西棟は校長室、職員室、応接室、会議室、保健室、事務室などの管理所室と体育館、屋内プール、多目的ルームが入っています。また隣の東棟はその他の特別教室と普通教室がすべて入っています。この校舎は五年前に新築したものですが、教育目的に最適化できるように建築士の先生方や設計管理会社と教職員が根気よく話し合いを重ねて最良の校舎を作り上げたと自負しております。ふたつの棟は三階と一階が連絡通路でつながっております。また、各棟にはエレベーターも用意しております」

川勝秀雄教頭が背筋を伸ばして誇らしげに言った。

五〇歳を少し過ぎたくらいだろうか。川勝教頭は、細い顔に少し吊《つ》り上がった目を持ついくぶん気難しそうな男だった。

「大変立派な施設ですね」

夏希は感じたままの素人そのものの感想を口にした。

「ありがとうございます。全教職員が誇りにしております」

瀬田校長は顔をほころばせた。

「全校の児童数は少なかったですよね」

目を通してきた資料には、夏希が授業をする五年生は二〇名と記されていたはずだ。

「本校は各学年が児童二〇名の一クラスで全学年で一二〇名となっております。この児童数はすぐれた児童の成育にふさわしいとさまざまな観点から決定したものです。公立小学校には東京都心のように学年に数名の児童しか在籍しない場合や、横浜《よこはま》市立師岡《もろおか》小学校のように全校児童が一二〇〇名を超えている過大規模校があります。本校では安定した児童数で保護者からもじゅうぶんに満足頂ける教育水準を維持しております。ちなみに一二〇名の児童を指導する教諭は二三名です。これに校長や教頭、養護教諭や栄養教諭などの栄養職員、事務職員、営繕職員、スクールバスの運転手などを加えたすべての教職員数は五一名となります」

川勝教頭はすらすらと説明した。

「児童数に対して教職員数が多いですね。手厚いというか贅沢《ぜいたく》な布陣だと思います。授業料も高くなるでしょう。やはり裕福な家庭の児童が中心なのでしょうね」

夏希は思ったことをあけすけに訊いた。

「仰せの通りです。授業料等が高額なため、児童は裕福な家庭の子女に限られています。さらに、保護者は皆さんが教育熱心で、児童のエリート人生を期待してこの学園に入学させるわけです」

川勝教頭は胸を張った。

「失礼かもしれませんけど、横浜の中心部などからはかなり不便な場所ですよね」

いくらか遠慮しながら夏希は訊いた。

「海を望み、豊かな大自然に恵まれたこの大磯の地こそ、豊かな人間性を育《はぐく》む情操教育の場としてふさわしいと考えております。本校は昭和《しょうわ》二七年にこの地に設立されました。大磯に居を構えていた当時の財界の大物である御牧景行《みまきかげゆき》が初等教育の重要性に鑑《かん》み、理想の児童教育の場として私塾をこの地に営んだのが歴史の始まりです。大磯はドイツ人医師ベルツによって紹介されていた海水浴を普及させる場として日本最初とも言われる海水浴所が設けられた地です。また、明治《めいじ》期の伊藤博文《いとうひろぶみ》や戦後の吉田茂《よしだしげる》まで、山縣有朋《やまがたありとも》、西園寺公望《さいおんじきんもち》、大隈重信《おおくましげのぶ》、陸奥宗光《むつむねみつ》、岩崎弥之助《いわさきやのすけ》、安田善次郎《やすだぜんじろう》といった政財界要人の別荘が立ち並んだ土地でもありました。そうした偉人の歴史をいまに残すこの大磯こそ、将来日本を担う人格の育成にふさわしいというのが御牧景行の考えでした。保護者の皆さまはこうした本校の伝統に理解と愛情を抱いてくださっているのです。ちなみに山のふもとには園児数一二〇名の幼稚園も併設しております」

瀬田校長の声は堂々と響いた。

「言い方を変えれば、保護者の皆さんは本校のこの不便さを評価してくださっています。なかには、近隣に通学用の別邸を借りているご家庭も見受けられます」

川勝教頭は誇らしげに言った。

「では、優秀な児童さんが多いのでしょうね」

夏希が相づちを打つと、川勝教頭は大きくうなずいて口を開いた。

「はい、児童は優秀です。入学試験の難易度は県下の私立小学校でも五本の指に入るレベルです。卒業生はすべて一流の私立あるいは国立中学校に進学します。古くから、医師、法曹、研究者や官僚を多く輩出していますが、海外で活躍する卒業生が多いのも特徴的です」

「わたしは児童の授業の経験がないので、その点はあらかじめご承知おきください」

言い訳めいた言葉だが、いちおうは念を押しておくべきだ。

「真田先生は神奈川県警のなかでは、ほかにいらっしゃらないような優秀な方だと伺っています。医師免許と博士号をお持ちでいらっしゃる」

誰から聞いたのか、瀬田校長は強い口調で言った。

「県警では珍しいかもしれませんが、世間では医師免許と博士号を持っている人間は少しも珍しくはありません」

いくぶんそっけない声で夏希は答えた。

「しかし、真田先生は心理学や脳科学の知見を駆使して、たくさんの事件を解決されたと伺っています。とくにインターネットにおいて犯罪者と対峙《たいじ》した経験も豊富だそうですね」

瀬田校長は調子のよい声で言った。

「恐れ入ります。ですが、評判が一人歩きしていますね」

夏希は苦笑せざるを得なかった。

「いやいや、そんなことはありません。理事会には、警察幹部の方と親しい理事も多いのです。多くの理事たちが真田先生の秀でた能力を大変に評価しております。理事会からのつよい勧めもあって、神奈川県警にお願いしました」

県警の誰が余計なことを学園の理事に伝えたのだろう。

それにしても、どことなく上から目線の言葉であることを夏希は感じていた。教員とは他者を「評価」する人種なのだろうか。

「本日は、子どもたちが巻き込まれがちなネットに関するトラブルについてのお話を真田先生にして頂くことになりました。日々の生活のなかで、子どもたちにとってネットとともにすごす時間の割合を減らすことは難しい課題となっています。そんななかで、子どもたちが安心してネットを使うために心がけるべきことについて、特別授業をして頂けて本当にありがたいです」

川勝教頭はいんぎんな調子で言った。

どうも教員の話は警察社会とは対照的で、美辞麗句というか、形式的にきれいな言葉を連ねる傾向があるように思える。

「極端なことを言えば、子どもたちがネット犯罪の被害者になること、さらには加害者になることを防ぐための心がけをお話し頂きたいのです」

そう思ったら、瀬田校長は今日の授業のねらいをずばりと告げた。

このような端的な要請のほうが夏希には応《こた》えやすい。

「わたしにできる範囲で頑張りたいと思います。もし困ったら、助けてくださいね。泉沢先生」

夏希はずっと黙って話を聞いていた泉沢陽菜教諭に話を振った。

二〇代なかばくらいだろうか。

ひっつめ髪であごのかたちがいい。くるくるとよく動く目を持っていて、凪沙よりはずっと若い感じだ。

「はい、もちろんなんでもおっしゃってください……五年生は『ほしぞら組』と呼んでいますが、あの子たちはみないい子なので、ご心配には及びません」

にこやかに陽菜は答えた。

「お話を聞いて少し安心しました」

夏希はずいぶんと気が楽になった。

「はい、どの子も外部講師の方がわかるように名札を付けてお待ちしています。どうぞ気楽に子どもたちの名前を呼んであげてください」

陽菜はやわらかく微笑んだ。

「わかりました」

明るい声で夏希が答えると、陽菜は笑顔であごを引いた。

「真田先生に授業して頂く教室は東棟の視聴覚教室です。隣の東棟までお運びください」

川勝教頭の言葉に従って、夏希たちは立ち上がった。


【2】


二階の高さまで勾配《こうばい》がある階段状の視聴覚教室で、夏希はいちばん下の演台の前に座っていた。

四人ずつ全部で二〇名の男女の児童が五段の席に座っている。

教室は全校児童が入れる規模のようだった。

劇場のようなかたちで椅子が設《しつら》えられており、椅子の列の間に二本の通路が縦に通っていた。各椅子の右袖には小さな折りたたみ式の机が備え付けられていた。

着席している児童は教室全体からすればずいぶん少なく、通路の間のほんの一部の席を埋めているに過ぎない。

(思ったより幼いな)

子どもたちを前にして、夏希が初めて感じたことだった。

五年生の児童がずいぶんと幼く見える。

自分たちが五年生くらいの頃も、この子たちと同じくらい幼かったのだろうか。

まっすぐに自分に向けられる瞳《ひとみ》に宿る光がまぶしく感じられる。

うつむいている男の子はいるが、ほとんどの子から生き生きとしたエネルギーが感じられた。

どの子も期待に満ちた目で見ているように思えて、夏希はいささか緊張した。

子どもたちは紺系のブレザースタイルの制服を身につけている。男子はグレーの半ズボン、女子はグレーとライトブルーを組み合わせたタータンチェックのスカートを穿《は》いている。

また、白シャツに男女ともに紺にライトブルーのレジメンタルネクタイを締めている。

神奈川県警では女性警官の制服スカートの支給をこの秋原則廃止する方針を決定し

たが、そうしたジェンダーレスの流れはこの私立学校には届いていないようである。

陽菜が言っていたように、子どもたちは左胸にハガキ半分くらいの白い名札を付けている。

最後列には、川勝教頭と凪沙が並んで座っていた。

視聴覚教室らしく、夏希の背後には大型液晶モニターやロールスクリーンが備えてあった。

天井には液晶プロジェクターも見えた。

壁面にはPAスピーカーがいくつも設置されている。

窓は二重窓となっているし、まわりは貫通孔加工が施された吸音壁材が取り囲んでいる。

夏希から見ていちばん奥の高い位置には準備室があって、各種のAV機器が置いてあるのが、小さい窓から見えた。

もちろん夏希のかたわらにはホワイトボードが置かれていた。

「そんなわけで、今日は真田夏希先生が、皆さんがネットを使う上で覚えておかなければならないことについて授業をしてくださいます。みんな、しっかり聞こうね」

陽菜は明るい声で子どもたちに呼びかけた。

「はーい」

子どもたちは声をそろえて答えた。

その場に置いてあったブルーの座面のスタッキングチェアに陽菜は腰を掛けた。

授業を受ける人数が少ないので、子どもたちは教室の前よりに座っている。

マイクは用意されていないが、使う必要もない。

夏希は子どもたちを見回し、かるく深呼吸してから口を開いた。

「皆さん、こんにちは、真田夏希です。わたしは、神奈川県警で人の気持ちを考えるお仕事をしています」

声が硬くならないように、にこやかに響くように気をつけて夏希はあいさつした。

「こんにちは」

子どもたちは元気よくあいさつを返してきた。

両目がキラキラと輝いている。

「ところで、みんなは腹が立つことってあるよね？」

さっそく夏希は考えていた通りに本題に入った。

「あるー」という声がいっせいに返ってきた。

「たとえば、最近、どんなときに腹が立ったかな？　つまりなにかに怒ったり、ムカついたり……そんな気持ちが自分の中に湧き起こってくることってあるよね？　どんなときに腹が立ったか、わたしに教えてくれる人は手を挙げて」

教室じゅうに響き渡る声で夏希は、子どもたちに尋ねた。

ほとんどの児童が「はい」「はい」と勢いよく手を挙げている。

「その君……えーと土橋春人《つちはしはると》さん。座ったままでいいから答えてね」

夏希は二列目に座っていた丸顔でいくらか巻き毛の男子児童を指さした。

明るい目が大きく動き、鼻のあたりにちょっとそばかすがあっていたずらっ子という雰囲気だ。

指名に深い意味はない。春人は手を挙げる態度が全体でもいちばん力強く、その表情が豊かに見えたからだ。

「え、ママにもうゲームやめろって言われたときとか」

春人はちょっと焦ったような声で答えた。

「今夜はもう寝なさいってときかな」

夏希は笑顔で訊いた。

「そう。あともうゲームやめて勉強しなさいって感じ」

言葉に力を込めて答えた春人に、夏希は思わず微笑んだ。

「ありがとう。ほかに腹が立ったときがある人」

夏希はあらためて子どもたちに尋ねた。

子どもたちは盛んに手を挙げている。

「じゃあ、そこのあなた。はい、えーと、白井《しらい》愛莉《あいり》さん」

三列目にいた女子児童を夏希は指名した。愛莉という名の少女が、なんとなく目立つ雰囲気を持っていたからかもしれない。

「はいっ」

いくらか緊張した声とともに愛莉は立ち上がった。

肩まで伸びた黒髪がつややかで細面に鼻筋の通った整った顔立ちだった。

両目もきれいなアーモンド形でぷっくりとした唇も愛らしく可憐《かれん》な雰囲気だ。

「席に座ったままでいいのよ」

やさしい声で夏希が言うと、愛莉は頰をわずかに染めて「はい」と小さく答えて座り直した。

「あらためて訊《き》くね。あなたはどんなときに腹を立てたかな？」

愛莉の顔を見て夏希はやわらかく訊いた。

「中一のお兄ちゃんがいるんですけど、ココアの散歩をサボってばっかりなんです。

残り勉強したとかサッカー部の練習が延びたとか言ってサボります。部活のこととかも考えてココアの散歩の当番を決めてるのに守らないんです」

眉間《みけん》に縦じわを寄せて愛莉はいささか感情的に兄を難じた。

「お兄さんはおうちの中の決まりごとを守らないんだね。愛犬のお散歩をサボるのね」

愛莉をクールダウンさせたくて、夏希は彼女の言い分を繰り返した。

「あ、そうです。ココアっていうのはうちのイヌの名前です。男の子で二歳です」

あわてたように、愛莉は答えた。

「ココアくんの犬種はなにかな？」

ゆったりと夏希は訊いた。

「フレンチブルドッグです。アメリカンタイプでカラーはパイドって言って、白地に茶で模様が入っていてかわいいんです。うちのココアは右目のまわりだけ茶色くて、ほかは白いんです。わたしもココアのことは可愛いですけど、だからといって自分の勉強やピアノのお稽古《けいこ》とかの時間がなくなるのは嫌なんです。兄は約束を破ってわたしの時間を奪っていると思います」

愛莉は理路整然と兄の行動を非難した。

「ありがとう、白井さん」

夏希が礼を言うと、愛莉は白い歯を見せて笑ってあごを引いた。

「さて、土橋さんと白井さんの怒りはみんなにもわかるかな？」

夏希は子どもたちに呼びかけた。

「わかるー」「うちのママもおんなじ」「パパのほうがうるさい」「兄ちゃん、ずるい」

「うちのお姉ちゃんもずるいよ」

子どもたちは口々に訴えた。

「ほかにも二人みたいに腹が立ったことがある人は話してくれるかな」

夏希は子どもたちを見まわしながら訊いた。

三人の子どもが手を挙げて、親や兄弟に対して感じる怒りを話してくれた。

やはり家庭のなかで、こうした怒りは日常的に生まれているものらしい。

「はい、静かにしてね」

子どもたちはさっと静かになった。

「さて、みんなに訊きたいんだけど、土橋さんと白井さんが感じている気持ちはたしかに怒りなんだよね？」

夏希が訊くと、子どもたちは一斉にきょとんとした顔になった。

ホワイトボードに夏希は《『二次感情』＝怒り、『一次感情』＝恐怖、悲しみ、淋《さび》しさ、恥ずかしさ、不安など……》という言葉を書いた。

陽菜が近づいてきて耳もとでささやいた。

「子どもたちがまだ習っていない漢字があるようです」

「あ……そうか。どうしましょう」

まったく気づかなかった夏希は、とまどいを隠せなかった。

「教えていない文字には、私がフリガナをふります」

にこやかに陽菜は答えて、ホワイトボードマーカーを手に取った。

「お願いします」

夏希は頭を下げて頼んだ。

陽菜は、怒り、恐怖、淋しさ、恥ずかしさという漢字にフリガナを振った。

こんな基本的な感情を示す漢字も習っていないのが五年生なのか……。

「えーと、わたしが書いた文字や話した言葉で、意味がわからない部分はなかったかな」

教室内の子どもたちに向かって夏希は尋ねたが、子どもたちは黙っている。

「なにかわからないことが出てきたら、手を挙げてね」

夏希の言葉に子どもたちは「はーい」と元気よく答えた。

「でもね、怒りの気持ちは専門的に言うと『二次感情』というものなの。ちょっと難しいからしっかり聞いてね。怒りはある感情が生まれた後に、その感情によって生み出される感情なんです。最初の感情を『一次感情』といいます。最初に感じるのは、恐怖、悲しみ、淋しさ、恥ずかしさ、不安などという感情なの。この感情が積み重なって怒りは生まれます。ちょっと大雑把な説明になるけど、たとえば悲しみという『一次感情』が湧いたときに、その悲しみを感じたくないという自分の心を守ろうという無意識な作用が生まれて、悲しいという感情を覆い隠すように怒りという『二次感情』が生まれるのです。つまり、悲しいという感情を直視したくない……まっすぐに見つめたくないからなのね」

言葉を切って、夏希は教室内を見まわした。

少し難しいかとも思ったが、子どもたちは眼を輝かせて自分の話を聞いている。

夏希は安心して言葉を続けた。

「怒りには、必ずみんなの『こうあってほしい』『こうあるべき』が裏切られたことから生まれた気持ちが隠れています。たとえば、土橋さんの怒りには『もっとゲームをやりたいのに、やめなきゃなんない』という悲しみが、白井さんの怒りにはココアくんの散歩で時間が取られることで『自分の勉強ができない』『ピアノのお稽古ができない』ことが不安なの。そこには勉強ができなくなったりピアノが下手になってしまうかもという不安が隠れているの。この『一次感情』に気づくことは大切。わたしからすると、土橋さんの悲しみは無理があると思う。どうかな、土橋さん？」

　夏希は春人に向かって訊いた。

「うーん、やっぱ自分勝手かも」

　うつむく春人の声が小さくなった。

「そう、わたしはあなたの悲しみは自分勝手だと思う。あなたの『こうあるべき』は『いつまでもゲームをできる時間が続くべき』だから」

　はっきりと夏希は春人に告げた。

「うん……」

　春人は肩を落とした。

「仕方ないよ。土橋さんみたいな不合理な感情を持つ人は珍しくない。ところで、白井さんの怒りは理解できる。勉強やピアノのお稽古ができないことに、白井さんはなんの責任もないからです。お兄さんのワガママを押しつけられた白井さんの『こうあるべき』は『お兄さんがルールを守って、約束通りに勉強やピアノのお稽古の時間が得られるべきだ』だよね。この気持ちには少しも無理がないと思う」

笑みを浮かべた夏希は愛莉にはっきりと言った。

「わたしもそう思います」

愛莉は嬉《うれ》しそうにうなずいた。

「こんな風に怒りが湧いてきたときには、最初に感じた怒りを生み出した『一次感情』が、どんな気持ちなのか自分の心に聞いてみることが大切です。恐怖、悲しみ、淋しさ、恥ずかしさ、不安などのうち、いったいどんな気持ちなのか……自分の心を分析してみましょう。それから、その『一次感情』が無理のないものであるかを考えてみましょうね」

夏希が言葉を切ると、子どもたちは考え込む表情になった。

こんな話し方でいいのだろうか。夏希は不安を拭《ぬぐ》えなかったが、話を先に進めた。

「ところで、みんなはSNS……たとえばLINEとかXとかね、Instagram、TikTokなんかを使っているよね？　SNSを使っている人は手を挙げて」

夏希の問いに、ほとんどの子どもが手を挙げた。

さっと数えると、一七名だったので、八五パーセントということになる。

NTTドコモの二〇二三年の調査によれば、小学生のSNS利用率は低学年（一～三年生）が三六パーセント、高学年（四～六年生）では五八パーセントに及ぶ。中学生ではなんと九六パーセントと、ほとんどの生徒がSNSを使っている。睡眠不足や視力低下といった肉体上の問題点が指摘されるばかりではなく、メンタルヘルスへの悪影響も指摘される。さらには、ネットいじめ、児童ポルノなどの性犯罪、闇バイトの勧誘などへの関与のきっかけとなることも憂慮されている。

子どもたちがネットを利用する際の危険性や問題点について、今日の一回の授業ですべてのことに触れるのは無理だと夏希は考えていた。

たくさんの話をしても子どもには伝わらない。夏希はおもに三つのことについて伝えようと考えていた。ひとつは、ネットでは感情とくに怒りの感情を表出しないこと。もうひとつはネットは決して匿名ではないということ。三つめは、ネットではウソの人格を作る人物も多いということだった。この三つを知っておけば、ネットトラブルの多くは防ぐことができる。

「はい、ありがとう。みんなはSNSに怒りの気持ちをぶつけてしまったことなんてないかな？」

夏希が訊《き》くと、子どもたちはあいまいな顔つきになった。

視線が落ち着かない子どもや、うつむいてしまう子が少なくない。

どうやら子どもたちの多くは、怒りの感情をSNSに吐き出すことも少なくないようだ。

なかにはリアルの知り合いに対しても、怒りをぶつける子どももいる可能性がある。

たとえばこの学園の児童たち……とくに同じ学園の子ども同士で感情をぶつけることもあるのかもしれない。

いわゆるネットいじめにつながるような内容が含まれているおそれもある。

だが、その問題を追及するのは夏希の仕事ではない。

ネットについての総論的な知識を伝えるのが授業の範囲と言っていいだろう。

夏希はホワイトボードの文字を消して《腹《はら》が立ったら、六秒待って！》と書いた。

「でもね、怒りの言葉は向けられた人を大きく傷つけることもあります。怒りの言葉を発した人に、予想もしないような悲しく恐ろしいかたちで返ってくることもあるのです。怒りの言葉はネットでぶつけてはならないのです。だから、腹が立っても怒りの言葉をぶつける前にちょっとだけ時間をおいてみましょう。ほんの六秒でいいの。ある説によれば、怒りのピークは六秒で消えるとされています。だから、腹が立ったら、一〇からゆっくり数えるのもひとつの方法です。一〇、九、八ってね……一を数えるときには怒りはずいぶん収まっているはずです」

自分の声が、教室内によく響いていることを夏希は感じた。

子どもたちは眼を輝かせ真剣な顔つきで夏希を見ている。

やはり五年生くらいの子どもはかわいい。

夏希はホワイトボードに《ネットに匿《とく》名なし》と大きく書いた。

「匿名っていうのはね、『本当の名前を隠して知らせないこと』を言うの。みんな、わかるかな」

夏希の問いに子どもたちは一斉にうなずいている。

「そしてこれだけは覚えておいて。ネットでは名前を隠しても必ず本当の名前がわかってしまいます。つまり、ネットは匿名のように見えて匿名じゃないってこと」

夏希は子どもたちを見ながら言葉に力を込めた。

「えーっ」「そうなんだ」「知らなかった」

次々に驚きの表情を浮かべて子どもたちは、夏希を見た。

「警察が扱う事件では、発信した人はみんな明らかになってしまいます。匿名で投稿したと思っても捜査をすれば誰が発信者かはわかってしまうのです」

きっぱりと夏希が言うと、子どもたちはシーンと静まりかえった。

クラッカーなどのほんの一部の犯罪者は、特殊な技術を用いて何重にも発信元の秘匿を行っている。

夏希が関わる事件の犯人は、このような技術に長《た》けているケースが少なくない。

しかしそれは特殊な事例であって、警察ではほとんどの事件で、犯人のIPアドレスなどの発信者情報を特定している。まさにネットでは匿名はあり得ないのだ。

「先生に言いたいことがあります」

とつぜん、一人の男子児童が声を発して、夏希の胸は一瞬高鳴った。

左胸を見ると名札には「小寺政人《こでらまさと》」と書かれていた。

刈り上げっぽいキッズカットの下にはあごの尖《とが》った輪郭が見える。左右の目は細く、目尻《めじり》がいくらか吊《つ》り上がっている。

目つきは怜悧《れいり》な感じだが、気が強そうな顔立ちだ。

「小寺さん、なにかな?」

夏希は緊張を隠してやわらかい声で訊いた。

「正しい怒りは、そのままぶつけていいと思うんです」

政人は夏希の目を見て堂々とした口調で言った。

教室内が一瞬ざわついた。

「えーと、正しいとはどんな怒りのことを言っているのでしょうか」

いくぶんとまどいながら夏希は訊いた。

「社会的な怒りです。正義の怒りです」

間髪を容《い》れずに政人は答えた。

「たとえば、どんなケースのことを言っているのかな」

夏希は政人の顔を見て尋ねた。

「昨年の夏、靖国《やすくに》神社の入口にある石の柱に黒いフェルトペンでトイレを意味する中国語の落書きをしたヤツがいます。一四歳の中国野郎です。神聖な日本の神社にひどいことをしたヤツに怒るのはあたりまえです。僕はひどく腹が立ちました。だから、あるSNSで犯人は早く逮捕されるべきだと書き込みました。僕の怒りには、恐怖、悲しみ、淋《さび》しさ、恥ずかしさ、不安というような『一次感情』はありません。僕の『こうあるべき』は、『反日的な外国人は日本に入ってくるな』ということです。これは正義だと思います。先生は、こうした僕の怒り投稿も避けるべきだというのですか。ちなみに僕は自分の名が明らかになってもかまわないと思っています。真田先生はこうした正義の怒りをも持つべきでないというのですか」

政人は目を光らせて、強い力で夏希を見た。

「それは……」

夏希は返事に窮した。

小寺政人は一部の心ない大人の言葉をそっくりマネしている。

この問題は我が国と中華人民共和国との歴史や国民意識など、複雑でデリケートな問題をたくさん含んでいる。

相手が大人であればそれなりの答えを返せるが、五年生の児童にふさわしい回答は夏希には難しかった。

事件はニュースで見聞きしてはいたが、詳しい事情は知らない。だが、この場合にも政人には『一次感情』があるはずだ。たとえば、外国人の行動によって自分が不利益を被ることへの恐怖や不安などが挙げられよう。

こうした政治的な発言も、場合によっては誹謗《ひぼう》中傷となる場合がある。誹謗とは相手の悪口を言うようなことで、侮辱罪が成立することもある。また、中傷とは根拠のない、嘘や虚偽を言って他人の名誉を傷つけることで、名誉毀損《きそん》罪に該当する場合も少なくない。

誹謗中傷の内容によっては、刑事面と民事面の両方あるいはいずれかの責任を負うこともあるのだ。

「マスゴミも弱腰で、この野郎を強く非難しません。先月、警視庁は逮捕状を取ったそうですけど、犯人は帰国しちゃって放置しています。奈良の鹿をいじめたりして中国人は断然入国させるべきじゃありません。先生のお考えを聞かせてください」

政人は目を剝《む》いて詰め寄った。

マスゴミなどというスラングを使うことからも、政人がネットからあまりいい影響を受けていないことが察せられる。賢いと思われる政人に、大人たちはもっといい影響を与えられないものか。

現在、政治的に偏りがあって攻撃的なネット上の発言をする者のうち、小中学生の割合は決して少なくない。

「この話は複雑な問題を含んでいますね。多くの意見が主張されています……」

夏希の答えは鈍った。

「僕は真田先生の意見が聞きたいです」

政人はあいまいな回答を許そうとしない。

いよいよ夏希は応《こた》えに窮した。

「小寺さん、そのお話はこの授業の場で真田先生に訊《き》くことではありません。後で先生とゆっくり話しましょう」

陽菜は厳しい声を出した。

「どうして後でなんですか」

政人は口を尖らせた。

「真田先生は外国人やインバウンドのお話をしに来たのではありません。この教室の時間はあなただけのものではないのです」

びしっと陽菜は政人に言った。

「……わかりました」

政人は反抗的なようすを見せることはなく、素直に従った。

この問題について、陽菜は政人に対する答えを持っていたのだろう。

さすがはプロの小学校教諭である。

その後も夏希はネチケット……つまりネットマナーの一部について簡単に触れた。

たとえば、他人のプライバシーを尊重することや、住所や氏名などの個人情報をネット上では出さないことなどである。

最後の話題に進もうと、夏希は気持ちを切り替えた。

ホワイトボードには《あなたの知らない相手の本当の姿《すがた》》と書いた。

夏希はネット上の正体はまったくわからないので、なかには相手をだまそうとして年齢や性別、国籍などを偽る人がいくらでも存在すると説明した。

「美少女キャラみたいだと思っていた相手や、アイドルみたいな写真を送ってきた人が、実はみんなのお父さんくらいの年齢の凶悪なおじさんだったというようなケースは珍しくありません。結論として、ネットでは知らない人からメッセージなどが来ても返事をしてはいけません」

夏希はふたたび言葉に力を込めた。

政人はどこか冷笑を浮かべているような表情だったが、黙って夏希の話を聞いていた。

「皆さんが危ないことや心配なことに巻き込まれず、楽しくネットを使っていけることをわたしは願っています。『ほしぞら組』の皆さんのおかげで楽しい時間をすごすことができました。今日はありがとうございました」

夏希は二〇名の子どもに向かって本気で礼を言った。

「ありがとうございました」

子どもたちは自分たちで声をそろえて頭を下げた。

気持ちがいいほどしっかりとした子どもたちだった。

児童教育にド素人の自分だが、伝えたいことがかなりの程度に伝わったという実感があった。

やはり児童が優秀なためだろう。

いささか手を焼いた政人にしても、夏希の授業の内容はしっかり理解していたとも言える。

夏希と凪沙は教室隅の通路を登って左側のドアから廊下へと出た。

「真田先生、素晴らしい授業をありがとうございました」

後から廊下まで追いかけてきた陽菜が、深々と頭を下げた。

「さすがです。わたしが困っていたら、泉沢先生はすかさず助け船を出してくださいました」

低い声で夏希は陽菜に礼を言った。

政人たち、児童には聞かれたくない内容だ。

陽菜は微笑んであごを引いた。

夏希と凪沙は陽菜に向かって一礼すると、川勝教頭に案内されてエレベーターに向かった。

【3】

夏希たちは応接室に戻って、川勝教頭と向かい合ってソファに座った。

陽菜は児童の面倒をみるために視聴覚教室に残った。

瀬田校長は避けられぬ出張に出かけたとのことで、くれぐれも夏希によろしくという伝言を告げられた。

「いやぁ、本当に素晴らしい授業でした。わたしは拝見していて感嘆いたしました」

川勝教頭は手放しで夏希の授業を褒めた。

「困った場面では結局、プロの泉沢先生に助けて頂きました」

陽菜の力があったからこそ無事に授業を終えることができたのだ。

「ぜひ、真田先生の授業をまたうちの子どもたちにお願いしたいです」

まんざらお世辞でもないような熱っぽい調子で川勝教頭は言った。

「はぁ……ありがとうございます。機会がありましたらぜひ……」

夏希はあいまいに答えた。

今日の授業はかなり疲れる仕事だった。

子どもたちはかわいいが、児童相手の授業にはやはり自信を持てなかった。また、正規の要請があれば断るわけにはいかないだろうが……。

夏希と凪沙はお茶をご馳走《ちそう》になり、応接室を辞去した。

川勝教頭とみかんジュースを運んできた男性職員が、一階の職員玄関まで送ってくれた。

西棟を出た夏希たちは、乗ってきたライトバンに向かって並んで駐車場を歩き始めた。

「真田さん、やっぱりバッチリですよ。わたしにはとてもあんな風に話すことはできないです」

明るく凪沙は声を掛けてきた。

「そんなことないよ。わたしはただ……」

夏希の言葉は途切れた。

黒い影が目の前をよぎった。

一台の黒いミニバンがすごいスピードで校門から入ってきたのだ。

乱暴な、その勢いは学校という場所では強い違和感を放っていた。

「なに、あのクルマ？」

夏希と凪沙は身体を硬くして立ち止まった。

ミニバンは夏希たちから一〇メートルほどの場所を西から東へ通り過ぎていった。

タイヤを軋《きし》ませ砂煙を上げて、ミニバンは東棟の一階に突っ込むような感じで停まった。

そのとたん、運転席、助手席、後部スライドドアが音を立てていっぺんに開いた。

スキーウェアにも似た黒っぽいナイロンの服に身を包んだ男が五人飛び出してきた。

誰もが屈強な身体付きをしている。

大きなボストンバッグや細長い袋を肩から提げている者がいる。

細長い袋はケースに入った猟銃かなにかのように夏希には見えた。

「え、え、え、え？」

思わず夏希は声を上げた。

最後に、同じようなナイロン服を着た小柄な影が出てきた。

この位置から見る限り女性だ。

女性がなにやら手振りで合図すると、五人の男たちはいっせいに東棟の校舎に向かって走り出した。女性もまた男たちのあとを追う。

六人は東棟一階の黒い鉄製ドアを開けて、校舎内に押し入った。

「あそこって……視聴覚教室じゃないかな……」

夏希の声はかすれた。

位置的にさっきまで授業をしていた視聴覚教室のように思える。

とすれば、五年生の『ほしぞら組』の子どもたちや泉沢陽菜教諭がいるはずだ。

「いったい何者なんでしょうか」

凪沙は眉間《みけん》に深いしわを刻んだ。

「まともな連中じゃない……」

夏希の背中に冷たい汗が噴き出た。

作業服を着て帽子をかぶった五〇代初めくらいの男性が東棟にゆっくりと歩みよって校舎を覗《のぞ》き込んだ。

――バシュッ
いきなり東棟から空気を切り裂く衝撃音が響いた。

「銃声じゃないですか」

こわばった凪沙の声が響いた。

「わわわわっ」

後ろにすっ飛ぶようにして男はころんだ。

男が撃たれたかと思って、夏希は身体を硬くした。

だが、作業服の男は急いで立ち上がると、踵《きびす》を返して逃げ始めた。

「大変だぁ」

男は夏希たちに駆け寄ってきた。

「なにがあったんですか」

声を抑えて夏希は訊《き》いた。

「あんたら、おまわりさんだよね？」

夏希と制服を着ている凪沙を交互に見て、男は訊いた。

「はい、県警本部の者です」

はっきりした声で凪沙が答えた。

「大変なんだ……じ、銃を持ったヤツらが……あいつら拳銃《けんじゅう》を持ってるんだよ」

男は声と身体を震わせて、東棟を指さした。

「さっきの音は、視聴覚教室に押し入った連中が発射した銃声なんですね」

夏希は男の目を見て尋ねた。

「そうだ。わたしは校務作業員だがね、前庭を掃いてたら、あのバンが突っ込んできたんだ。少し開いていた入口の鉄扉から教室内を覗こうとしたら、ズドンさ」

やはりこの学校の校務作業員だった。

校務作業員はボンネットを校舎に向けて停まっているミニバンに目をやって、こわばった顔で言った。

「どこかケガしてませんか」

弾が当たったようには見えなかったが、念のために夏希は訊いた。

「大丈夫だ。弾はかすめていったんだ。なんともない」

校務作業員は首を横に振った。

「よかった」

夏希からしぜんに安堵《あんど》の声が出た。

「けど、視聴覚教室には子どもや先生がいる。なんとかしないと」

男は額にしわを寄せた。

「わかっています。すぐに連絡します」

夏希はきっぱりと答えた。

この緊急事態のいちばん近くにいる警察官は自分たちなのだ。

「わたしが通信指令課に電話します」

凪沙はしっかりした声で答えると、ポケットからスマホを取り出して構えた。

「緊急事態です。わたしは警察官です。生活安全部少年育成課巡査部長の小林凪沙と申します。出張で来ている中郡大磯町の《湘南ハルモニア学園小学校》に数名の人物が侵入しました。犯人一味は数分前にミニバン一台で乗りつけました。男五名、女一名と思われる集団です。拳銃らしきものを所持しており、一発を発射しました。押し入った場所は学園東棟の視聴覚教室。一、二階の階段教室です。人質になっているのは教室内には五年生児童が男女それぞれ一〇名で合計二〇名、さらに担任の泉沢陽菜教諭がいます。繰り返します……」

凪沙は通報を終えると、スマホをポケットにしまった。

完璧《かんぺき》な凪沙の通報だった。つけ加えることはなにもないといってよい。

「直ちに警察官をよこすと言っています」

いくぶんうわずった声で凪沙は言った。

「機捜が来ますね。それから所轄の大磯署からも」

夏希は落ち着いた声で言った。

通信指令課への連絡はいわゆる一一〇番通報である。今回のような緊急事態では警察官も一一〇番通報をするほうが、迅速に報告できる。さらに、事後の処理にとって都合がいい。

通信指令課には二四時間体制で管理官が常駐し、県警各部署に適切な指示を出す。

機捜こと機動捜査隊は、覆面パトカーで地域を巡回していて、重大な刑事事件が発生するといち早く現場に駆けつける刑事課員である。本部刑事部に所属しているが、大磯では小田原警察署に併設された小田原分駐所が本拠地である。地域を管轄する所轄警察署……ここでは大磯署の刑事課員より早く到着することも多いのが機動捜査隊である。

一方で、各所轄署の地域課も、無線警ら車と呼ばれるパトカーや、現場に近い交番などから素早く警察官が駆けつける。

「わたしは職員に伝えてきます」

叫ぶと校務作業員は西棟へと走っていった。

彼が西棟校舎に消えた直後に、ライトグレーのスーツを着た男性が、職員玄関から走り出てきた。

この建物に到着したときに迎えに出た一人だった。

痩《や》せて小柄な五〇歳前後の男性は夏希たちが立つところへまっしぐらに走ってきた。

「真田先生、小林さま。主幹教諭の上原尚隆《うえはらなおたか》と申します。大変な事態が起こってしまいまして」

神経質そうな上原は目を瞬《まばた》きながら言った。

「ここで一部始終を見ていました。男五人と女一人の犯人グループがあのクルマでやってきて、視聴覚教室に押し入ったんです。おまけに校務作業員さんが教室内を覗こうとしたら、拳銃らしきものを発砲したそうです。ケガがなくてなによりでした」

夏希はミニバンを指さして端的に上原に説明した。

「校務作業員から聞きました。本当によかったです」

上原は眉《まゆ》を開いた。

「ところで視聴覚教室には外部から出入りできる構造になっていたのですね」

夏希は上原の目を見て訊いた。

「視聴覚教室には演台の後ろの壁に外へ出られるスチール扉があります」

おずおずとした声で上原は答えた。

たしかに夏希が授業した場所の後方にそんな扉があったような気がする。

「いつもは施錠していないのですか」

なるべくやわらかい調子で夏希は訊いた。

「施錠しているはずです」

上原はきっぱりと言い切って言葉を継いだ。

「附属池田《いけだ》小事件以来、私立・公立を問わず、各学校は校地のセキュリティには心を砕いています。職員玄関と児童昇降口は解錠してありますが、ほかの場所は施錠してあります。鍵《かぎ》を開けた職員が閉め忘れたことかもしれませんが……」

上原の言葉は歯切れが悪くなった。

「もっともここは高台の上ですし、校地の周囲はフェンスで囲まれていますからね」

凪沙が取りなすように言った。

「はい、開校中も校門は常に施錠してありますので、校地内の安全面は担保されています。職員室などから来校者を確認して解錠し、門扉は遠隔操作により電動で開閉します」

気を取り直したように上原は言った。

「そうですよね。わたしたちが到着したときも、そうして門扉を開けて頂きました。ですが、犯人はなんの苦労もなく校門を入ってきたのです。つまり門は開いていたということになります」

夏希にはこのことが不審だった。

「犯人が校地内に侵入したときに、門扉を開けた職員はいなかったはずです。わたしはあの時間は職員室にいたのでわかります」

まるで言い訳するように、上原は答えた。

「そうだったんですか」

夏希はけげんな声を出した。

門扉が開いていた理由は気になる。

だが、それよりもいまはとにかく教室内の状況を知りたい。

「五年生の子どもたちと泉沢先生の安全を確認できる場所はないでしょうか。直接に見える場所などはありませんか」

上原の目をまっすぐに見て夏希は訊《き》いた。

「場所はないわけではありません」

もったいぶった言い方で上原は答えた。

「どこなんですか」

夏希は答えを急《せ》かした。

「視聴覚教室隣の視聴覚準備室です。東棟二階です」

自信のある口調で上原は答えた。

授業の際にAV機器が置いてあった後方の部屋だ。視聴覚教室との間にちいさな窓があった。

「案内して頂けますか」

力強く夏希は頼んだ。

「はい、いったんは西棟からどうぞ」

上原は先に立って歩き始めた。

数分後、上原に先導されて、夏希と凪沙は視聴覚準備室に入った。

廊下との間の扉は施錠されていたが、上原は自分の持っていた鍵で開けた。

照明はあえて切ったまま入室したので、室内は薄暗い。

モニターテレビやノートPC、小振りな調整卓などのAV機器がいくつか設置してある部屋だった。そうした機械の発する独特の匂いが漂っている。

右手の高窓からレースカーテンを通して外光が入っていた。

正面のはめ殺しの小窓はまさに視聴覚教室に向いている。

窓の左手には視聴覚教室と準備室を隔てる一枚のドアが見えた。

「あの窓から教室内が覗《のぞ》けます」

押し殺した低い声で上原が言った。

夏希は手振りで凪沙に窓の右側に行くように指示して、自分は足をしのばせて左側に歩み寄った。

(見える！)

そっと顔の右半分を窓に付けて、夏希は教室内に目を凝らした。

児童が授業のときと同じ配置で教室の中央あたりに固まっている。

教室全体からすると、こぢんまりとした感じだ。

ロープなどで縛られている子どもはいない。

子どもたちは、背を向けているので表情は摑《つか》めないが、皆の姿勢はしっかりしている。負傷していたり、精神的にダウンしたりしている子どもはいないように見られる。

夏希はホッとして肩で大きく息をついた。

子どもたちから左側に数メートル離れた座席には、陽菜が座らされている。

陽菜の横には犯人一味の女が座り、拳銃《けんじゅう》の銃口を彼女に向けている。

血の気が引いて顔色が白っぽく脅えた陽菜の横顔が見えている。

侵入者の男は誰もが揃いの黒っぽいジャケットに屈強な身体を包んでいた。

夏希が授業をしていた演台の左右には二人の男が座っているが、それぞれ黒い柄のナイフを手にしている。

部屋の一階くらいの位置の左右には黒いドアがあるが、その前にもナイフを手にした男が一人ずつ立って室内を見まわしている。

教室前方の前庭に続く彼らが侵入した入口には一人が立って、猟銃のようなものを手にしていた。

一人の若い女と五人の男のすべてが見渡せた。

誰もが無表情に口をつぐんでいる。

三〇歳くらいから四〇歳くらいで、見たところ外国人のようではない。

女は横を向いているせいもあるが、淡いブラウンのショートボブの髪型くらいしか見えない。

着ているものは男たちと変わらない。

制服ではないだろうが、揃いのためにまるで戦闘服のように見える。

そんな風に眺めていると、演台の左側に座っていた髪の長い男が立ち上がって叫んだ。

言葉がよく聞き取れなかったが、怒り声だった。

男は夏希を見ると、右手にしたナイフを投げつけた。

夏希は瞬間的に首を縮め身体を硬くしたが、刃物は窓のこちら側には届かなかった。

ナイフは小窓の上の壁に突き刺さったようだ。

「ふーっ」

夏希の全身から力が抜けて声が出た。

教室の左側のドア前に立っていた男が駆け寄ってきて小窓のシャッターをガラッと

閉じた。

視界がいきなり閉ざされた。

続けて準備室のドアがガタガタとやかましく響いた。

扉の向こうからドアを押したり引っ張ったりしているらしい。

夏希の身体にはふたたび力が入った。

「向こう側にはサムターンがないのです。児童が準備室に入ってAV機器をイタズラしないようにこの扉は、こちら側からしか開きません。あちら側にはハンドルがあるだけです」

早口で上原は言った。

だが、ドアはまだガタガタ言っている。

「逃げましょう」

上原が叫んで、この準備室に入ってきたドアから飛び出した。

夏希たち三人はリノリウム張りの廊下に転げるように逃げた。

「しばらくここにいましょう」

廊下に出たところで夏希は叫んだ。

この棟は教室棟である。そう遠くない場所から子どもの声が聞こえてくる。

廊下に暴漢が出てきてほかの教室に向かうようなことは防がなければならない。

「そうですね」

夏希の言葉を聞いて上原も立ち止まり、いま出てきたドアに施錠した。

それから数分間、夏希たちは視聴覚教室や準備室の物音に耳を澄ました。

だが響いてくる音はなかった。

「マスターキーで施錠しました。ここの内側にもサムターンはないです。扉を破壊するなどの無理をしない限り、視聴覚教室から準備室には出られません。また、準備室から廊下へ出ることも難しいです。それぞれの扉は施錠しました」

「二つの扉は木製ですか」

夏希は念を押して訊いた。

「スチール製です。鍵《かぎ》も簡単には壊せないと思います」

上原の顔がいくらか明るくなった。

「そうですか、スチール扉なら大丈夫ですね」

凪沙が安堵《あんど》の声を出した。

「はい、犯人一味は一階の出入口からしか出入りできないと思います。ここはいったん引き揚げましょう」

そのまま歩き始めた上原は、二〇メートルほど離れたエレベーターホールで立ち止まった。

【4】

「わたしたち教職員が経験したことがない緊急事態です。五年生については警察にお任せするしかないんですが、ほかの学年の児童についてはわたしたち教職員にもできることがあります」

言葉に力を込めて上原は言った。

「できること」

夏希は上原の言葉をなぞった。

「まだ、児童たちはさっきの発射音が銃声とは思っておらず、不審者が校舎内に侵入したことは知りません。ですが、四時間目の授業が終わり、給食時間ともなれば、五年生がいないことに気づく子どもは出てくるはずです。子どもたちがパニックを起こさないように児童を早く下校させたいです」

熱気を言葉に込めたまま上原は言った。

たしかに立てこもりが起きている校舎内に、いつまでも児童を留《とど》めておくことは芳しくない。

犯人の動きによっては、どんな不測の事態が起きるかわからない。

万が一、彼らが視聴覚教室から出て、校舎内で暴れたら一大事だ。

しかし、校門付近には犯人が立てこもる視聴覚教室がある。この場所を児童や保護者に通過させるなどということができるわけがない。

もし、ドアを開けて、内部から銃撃されたらどんなに恐ろしいことか。困難な問題が立ち上がっていることをひしひしと感じる。

「五年生以外の全児童を下校させるのですか」

夏希は上原の目を見て念を押した。

「直ちに下校させることは難しいかと思います。本校の児童は遠隔地の居住者も少なくないので、悪天候などを始めとする非常下校時は、いわゆる『引取下校』を行っています。保護者……もし保護者に連絡がつかない場合には、登録してある保護者代理人の迎えを担任が確認して、児童を引き渡すことになっています。保護者や代理人と連絡が取れない場合には、児童は校内に留めて教職員が保護します。ですが、この状況では……」

上原は言葉を濁した。

「冗談ではありません。保護者や児童を正門から出入りさせることには大きな危険が伴います。犯人は銃を所持しています。万が一にも発砲した場合のことを考えると、保護者を正門から校地内に入れるわけにはいきません」

ぴしゃりと夏希は言い放った。

「はい、わたしもそう思っております。さすがに銃を持つ連中が立てこもっている場所を通って保護者を校地内に引き入れられないなと……学校職員なら誰でもそう考えると思います」

あっさりと上原は言った。

なんだ、学校側はまともな判断をしているではないか。

それなら引取下校のことなど説明しなくてもよいだろう。

「では、引取下校は行わないのですね」

夏希は上原の目を見て念を押した。

「引取下校は行いません。教頭もそう申しております」

はっきりと上原は言いきった。

「どのような下校方法を考えていますか」

夏希は上原の目を見て訊《き》いた。

「それが思いつかないのです」

上原は眉根《まゆね》を寄せた。

「この学校には正門のほかに門は設置されていますか」

夏希は念のために訊いた。

正門から遠い場所に通用門があれば、そちらから下校させることも検討できるかもしれない。

「北側に作業などの際に職員や業者さんが出入りする裏門があります。ですが、内部に広いヤードがないので、保護者のクルマを入れるスペースがありません。こちらから多くの児童を下校させるのは無理です。また、児童を歩かせて裏門から出すことも不安です」

冴《さ》えない顔で上原は答えた。

「現時点では下校はさせられないですね」

夏希はいくらか厳しい声で言った。

「わかりました。下校対応についてはしばらく状況を見てから始めたいと思います。そのときには、また、具体的な内容をご相談させてください」

肩をすぼめて上原は答えた。

「下校のことはチャンスを待ちましょう。方法はわたしも考えていきます」

強い調子で夏希が言うと、上原は静かにうなずいた。

夏希は、とにかく人質となっている子どもと陽菜が心配だった。

「三階へ上がって西棟の応接室へ戻りましょう。教頭が真田先生と小林さまから指示を頂きたいと申しております」

熱っぽく上原は言った。

「わかりました。わたしも上司に指示を仰ぎたいと思います、少しお待ちください」

夏希はスマホを取り出した。

自分は科捜研の職員だが、この場合には中村科長や山内《やまうち》所長を飛び越して、織田部長に直接指示を仰ぐべきだと思う。

立場が違いすぎて、正式な手続きでは連絡できる相手ではなくなってしまった。

だが、織田は直接夏希の携帯に電話を掛けてくるわけだから、こちらから掛けるのもかまわないだろう。

いつの間にか、そんなことを気にするお互いの立場が淋《さび》しかった。

スマホを取り出して、おなじみの番号をタップする。

「真田です、お疲れさまです。織田部長に至急報告しなければならない事態が発生しました」

やわらかい織田の声が耳もとで響いた。

「はい、織田です」

夏希は自分の声が少し緊張しているのを感じた。

「こんにちは。大磯町の《湘南ハルモニア学園小学校》の件ですね。通信指令課から刑事総務課を通して僕のところにも報告が入っています」

冷静な声で織田は言った。

「実はわたし、いま現場におります」

自分の声がうわずるようなことがないように、夏希は静かに言った。

「真田さんの特別授業は今日だったのですか……大変な場面に遭遇してしまいましたね。ですが、僕としては助かります。現場のようすを直《じか》に真田さんから聞けるのはありがたい。まず、僕が受けている報告内容に誤りがないかどうか教えてください。まず、事件が起きたのは……」

織田は自分が受けていた報告を一から復唱するように言葉にした。

謙虚な言い方は織田らしいが、チェックは厳しい。

「間違っているところはありません」

はっきりと夏希は答えた。

通信指令課への連絡は凪沙が行ったのだから、間違いのあろうはずもない。

「つい先ほど立てこもり現場の視聴覚教室を隣の準備室のはめ殺しの窓から覗《のぞ》くことができました。その状況についてお話ししたいのですが」

声を抑えて夏希は申し出た。

「捕らえられている児童の無事は確認できましたか」

気遣わしげな織田の声が響いた。

「はい、確認しました。その時点でケガをしているようすはないです。また、縛られてもいません」

夏希は明るい声で答えた。

「児童が無事なのはなによりです」

織田は安堵《あんど》の声を出した。

「犯人の数は六名で、うち一人は女性と思われます。拳銃《けんじゅう》が一丁、猟銃らしきものが一丁、残りの四人は刃渡りの長いナイフを所持しています。彼らの配置は……」

夏希は現場のようすを詳しく報告した。位置関係等については自分の目測した距離なども伝えた。

「大変に詳しい報告ありがとうございます。非常に重要な情報となると思います。現在、人質になっているのは五年生の児童ですね。子どもたちの精神状態が心配です」

織田は心配そうに言った。

「はい……やはり五年生はまだ幼いですから、大人よりはずっと弱いはずです。一刻も早く救出しなくてはならないです。さらに泉沢教諭は銃口を向けられています」

夏希の声は曇った。犯人の正体もわからず、いまは解決への筋道がまったく見えてこない。

「担任の泉沢陽菜教諭とともに二〇名の児童の誰一人にもケガなく、無事に救出しなくてはなりません。それこそが我々に課された使命です。そう、一刻も早くです」

力強い織田の言葉は、夏希に勇気を与えた。

「自分が持っているすべての力を尽くして頑張ります」

夏希の胸に熱いものが湧き上がってきた。

いたずらっ子っぽい土橋春人、可憐《かれん》な白井愛莉、扱いの難しい小寺政人……どの子もかわいい五年生だ。キラキラと眼を輝かせていた『ほしぞら組』の子どもたちと陽菜を是が非でも救い出さなければならない。

「頑張りましょう。ひとつだけ確認したいのですが、《湘南ハルモニア学園小学校》は校地の正門には施錠していたのですか」

この点をチェックしてくるとは、さすがは織田だ。

「はい、わたしたちも職員の方にロックを解除して頂き校地内に入りました」

「正門はどうやって開けてもらいましたか」

夏希の言葉にかぶせるように織田は訊いた。

「電動式で遠隔操作となっています。わたしたちはインターホンを通して職員の方に開けてもらいましたが、犯人一味が門を通ったときには開いていたようです」

あいまいな声で夏希は答えた。

「そうでしたか。SISつまり捜査一課特殊犯捜査第一係の捜査員を一班送ります。SISはいま訓練場所の相模原《さがみはら》市内の施設にいますが、一時間と少しで到着すると思います。さらにもう少ししたら僕が県警本部にいる捜査一課員を連れてそちらに向かいます。大磯署の捜査本部は、所轄大磯署刑事課とあわせて三五名ほどの態勢になると思います。前線本部はSISを中心に一五名ほどで構成するつもりです。そのほかに大磯署の刑事課鑑識係が犯人の発射した銃の弾丸と犯人の足痕《あしあと》などを収集する予定です。また、犯人が乗ってきた自動車も大磯署に回収してもらいます。犯人が拳銃等を所持していることから、暴力団関係者との関わりも視野に入れています。組織犯罪対策本部にも捜査を命じました」

織田の声は力強かった。

組織犯罪対策本部は、暴力団を中心とする犯罪を取り締まる部署である。神奈川県警では刑事部の下に設置されているが、ある程度の独立性を有している。かつて一緒に仕事をした堀秀行《ほりひでゆき》警部補たちマル暴刑事が所属している暴力団対策課もここに置かれている。最近、特殊詐欺も組織犯罪対策本部が担当するようになった。

「SISが来てくれれば安心です」

夏希はわずかに心が明るくなるのを感じた。

捜査一課特殊犯捜査第一係は誘拐、人質立てこもりのエキスパート集団である。四班の班長は、夏希とは何度も仕事で一緒になった島津《しまづ》冴美《さえみ》だった。四班が来てくれることを夏希は願った。

「ところで、犯人への直接の呼びかけは危険を伴います。まずは彼らにまかせてください。先ほどの視聴覚教室の情報はありがたいですが、今後は近づかないでください。準備室にも入ってはいけません」

織田にしては珍しく厳しい声音だった。

「了解です」

夏希は静かに答えた。

「犯人一味への直接の呼びかけをお願いするときは僕から連絡します」

念を押すように織田は言った。

「わかりました。命令なしに犯人と接触しません」

はっきりとした声で夏希は答えた。

直接の呼びかけは、それこそSISの真骨頂だ。夏希が担当するのはふさわしくはない。

「大磯署に指揮本部を設置し、準備が整ったら僕も本部からそちらに向かいます」

「海岸通りにある県警本部からこちらまでは一時間くらいでしょうか」

「東名《とうめい》高速を使います。そうですね。概《おおむ》ね一時間で到着すると思います。遅くとも二時間くらいのうちには設置できると思います。さらに《湘南ハルモニア学園小学校》内に前線本部を開設します。このメンバーも僕と一緒にこちらを出ます。僕のほうから校長に依頼の電話を入れます」

「校長先生は出張に出ているそうです」

「では教頭にお願いしましょう。前線本部は真田さんと学校側で話し合って適当な部屋を借りてください。現場と同じフロアにあり、ある程度離れている部屋がいいですね。さらに真田さんは前線本部に詰めてください。真田さんと同行している生活安全部の職員がいるはずですが……」

「少年育成課の小林凪沙巡査部長です。通信指令課に通報したのは彼女です」

張り切って夏希は凪沙の名を紹介した。

「落ちのないすぐれた通報でしたね。小林さんにも本件の状況によっては前線本部に詰めてもらいましょう。人質のほとんどが児童ですから、生活安全部の職員がいたほうがいい。僕から生活安全部長に依頼します。さらに前線本部長として管理官を送ります。真田さんは直接には管理官の指示に従ってください」

「了解です」

「いまのところ、警察に脅迫メッセージは届いていません。ですが、これだけの大胆な犯罪を集団で行う犯人集団です。必ずや犯人集団からのメッセージはあると僕は考えています。そうなった場合には真田さんにテキストメッセージの対話をしてもらいます」

織田はさらりと言った。

「それこそわたしの仕事です」

夏希はきっぱりと言い切った。

「はい、よろしくお願いします。必要なPCなどの資材はこちらから運ぶ予定です。ノートPCが一〇〇台程度でしょうか。ほかに現在抱えている問題はありますか」

やわらかい声で織田は訊《き》いた。

「校舎内には人質になっている五年生を除く、約一〇〇名の児童が残されています。安全を確保した上で、児童を下校させなければならないと学校側は言っています」

夏希は話題を五年生以外の児童に向けた。

児童の下校については織田に相談しなければならない。

「犯人一味がいる校舎に保護者を近づけるわけにはいきません。引取下校はできないですね」

織田は気難しげな声で答えた。

「学校も引取下校は考えていません。いまのところはどのような方法で下校すればよいかが見つからないと困っております」

「児童の下校の警備は直接的には刑事部の仕事ではありませんが、大変に重要な問題です。黙って見ているわけにはいきませんね」

「はい、いま現場にいるのは、わたしと生安部の小林さんだけなのです」

「しばし、真田さんがキャップですね……」

いくらか明るい声で織田は言った。

「はい……緊張しています」

正直な夏希の気持ちだった。

「視聴覚教室から発砲のおそれがあります。一〇〇名の児童がパニックを起こすことも心配ですが、犯人の動きも気になります。また、多数の保護者が来校して犯人に刺激を与えることも不安です」

織田の声は厳しく響いた。

「犯人たちを見た限り、その不安は当たっていると思います」

夏希は犯人たちの暴力性を生々しく思い出していた。

銃を発射してきたし、ナイフを投げつけてきた。

「どんな方法で下校させるかは僕も考えてみます。警備部に要請して小田原署に常駐している警備部直轄警察隊から機動隊員を出してもらいましょう。彼らの配置が終われば、前庭に通ずるドアを開けた瞬間に自分たちを捕らえようとしている多数の警察官に気づくことでしょう。犯人が外部に発砲するようなことはできなくなるはずです。その時点で下校させたほうがいい。三、四〇分で準備ができると思います。いずれにしても現時点では下校させられませんし、児童にも伝えないほうがいいです」

織田はぴしゃっと言った。

「わかりました。その旨を学校側に伝えます」

帰したがっている上原たちを説得しなければならない。

「お願いします。大磯署の地域課や生活安全課にも、いち早く校地内の警固を依頼します。大磯署員が到着し、機動隊員の警固態勢が整った時点で、警固してもらって保護者とともに児童を下校させましょう。そのあたりの保護者と児童のとりまとめは刑事部には不向きな仕事です。教職員と生活安全部のほうが手慣れているでしょう。大磯署と連携して、児童の下校の面倒を見てもらいましょう。これも生安部長に連絡しておきます。また、下校態勢が整ったら、その段階でわたしから真田さんに指示を送ります」

丁寧な口調で織田は言った。

「態勢が整ったら子どもたちの保護者には学校側から下校の連絡をしなければなりません。どの程度の情報を伝えますか」

これは夏希には判断しにくい問題だったが、必ず質問されるだろう。

「現時点でこの事件はいっさい報道されていません。保護者には詳しい情報は伝えなくてかまいません。緊急事態が発生したので警察の指示で下校させると伝えればいいです。質問があった場合には、警察発表を待ってくれと伝えてください。また、人質となっている五年生の児童の保護者に関しては、その事実を伝える必要があります。必ず警察が救出しますので、児童の安全のために立てこもりの事実はほかには漏らさないように注意してほしいと伝えてください」

いくらか厳しい声音で織田は言った。

「現時点では秘密捜査ということですね」

夏希は念を押した。

「そういうことです。大磯署にも《湘南ハルモニア学園小学校》に向かう警察車両はサイレンを切るように連絡してあります。真田さんは視聴覚教室の状態と犯人からの呼びかけに注意を払ってください。なにかありましたら、いつでも僕に電話してください。こちらも状況に変化が生じたら、すぐに連絡します。これから気を張っていかねばなりませんが、どうか頑張ってください」

織田は力強い励ましの言葉を口にした。

「はい、頑張ります」

元気よく夏希が答えると、電話は切れた。

「児童の下校については、わたしが面倒を見るのですね」

凪沙は笑顔で言った。

「聞こえてましたか？」

驚いて夏希は訊いた。

「いえ、生安部が担当するのが当然の仕事ですから」

気負いなく凪沙は答えた。

「刑事部長から生安部長に依頼するとのことです」

夏希は凪沙の顔を見ながら言った。

「直接は係長から電話があると思います」

ふたたび凪沙は笑顔で答えた。

「それから刑事部長がオーケーを出すまで、下校態勢は取れません」

はっきりした口調で夏希は言った。

「たしかに正門付近の危険は考えないとなりませんよね。了解です」

平らかに凪沙は言った。

「どうなりましたか？」

近寄ってきた上原が心配そうに訊いた。

「この後、小田原署に常駐する機動隊員と、大磯署の地域課と生活安全課の警察官が来校して児童の下校の際の安全を確保します。でも、態勢が整うまでは下校態勢は取れません。保護者への連絡もしばし待ってください」

細かいことを省略して、夏希は端的に告げた。

「えっ、保護者への連絡も後回しですか」

上原は目を見開いた。

「はい、いまのところ、この事件はまったく世間には出ていません。保護者に連絡するのは必要に迫られた段階まで待ちましょう」

「わかりました。現時点では保護者連絡はしません」

「下校する方法が決まった時点で、児童は多目的ルームに集めます。それまでは通常の授業を行ってください」

「承知しました。教頭にご指示頂きたいので、真田先生と小林さまは応接室までお戻りください」

上原は丁寧な調子で頼んだ。

「申し訳ないですが、わたしは到着する警察官に事情を説明し、下校する子どもさんたちの警固などについても一緒に考えたいと思います」

凪沙は上原の顔を見て言った。

「視聴覚教室から銃撃される危険性があるから気をつけてね」

夏希は不安の声を出した。

「大丈夫です。弾の来るような場所に立ってやしません」

笑い混じりに凪沙は答えた。

「あのー、わたしはどうすればいいでしょうか」

困惑顔で上原は夏希に訊《き》いた。

「上原先生は小林さんと一緒に到着した警察官への指示をお願いします。わたしは応接室には一人で行けますので」

明るい調子で夏希は言った。

「銃撃の危険性があるのですよね」

上原はぶるっと身を震わせた。

凪沙は上原を正門近くまで連れてはゆかないはずだ。多目的ルームなどの位置説明や各所の解錠など、上原は凪沙についていてほしい。

「大丈夫、小林さんは上原先生を弾丸が来る場所には連れていきません。どうか、到着する警察官を子どもさんの集合場所まで案内してください」

熱っぽく夏希は言った。

「そうですか……では、そうさせて頂きます」

一瞬、とまどった顔をした上原だったが、頭を下げて凪沙の横へと近づいた。

エレベーターがきた。

西棟三階まで上って応接室に入ると、ソファから立ち上がった川勝教頭が青い顔で近づいてきた。

「大変なことになってしまって……」

川勝教頭は暗い声でうめくように言った。

「はい、とてもつらい事態です。ですが、わたしたち神奈川県警は二〇名の子どもたちと泉沢先生を必ず無事に救出します」

夏希は川勝教頭を見つめて力強く言った。

「よろしくお願いします。警察の力を信じます」

川勝教頭は身体を折って深々と頭を下げると、手振りでソファを勧めた。

夏希が座ると、川勝教頭は緊張した顔つきで向かいの席に座った。

「これから何台かの警察車両が校内に入ります。校門を開放して頂きたいのですが」

まず先に指示したほうがいいことを夏希は口にした。

校門をいちいち開閉していたのでは警察車両が渋滞してしまう。下手をすると、停止したパトカーが犯人に銃撃されるおそれもある。

「わかりました。職員に駐車場の誘導をさせます」

言うなり、川勝教頭はカフェテーブルに置かれたビジネスホンをとった。

「待ってください」

夏希は制止して言葉を続けた。

「犯人は拳銃《けんじゅう》を所持しています。危険ですので、職員の方は校舎外へ出ずにいてください。銃撃にじゅうぶんに気をつけて、現在、上原先生と小林巡査部長が校門近くにいます。警察車両への指示は小林が中心に行います。たくさんの警察車両がきますので、門扉だけは開いておいてください」

夏希の言葉に、川勝教頭はあわてたようにあごを引いて受話器を顔に当てた。

「ああ、教頭です。この後、何台かの警察車両が来校します。校舎正門の門扉を警察車両が通行できるように開きっぱなしにしてください」

端的に指示して受話器を置くと、川勝教頭は夏希に向き直った。

「真田先生、実は先ほど、県警刑事総務課というところから電話がありました。刑事部の捜査一課の刑事さんたちが来校するそうですね」

川勝教頭は夏希の顔を見て言った。

「はい、いまのところ大磯署の地域課や生活安全課の警察官のほかに、本部刑事部捜査一課と大磯署刑事課の刑事が来校する予定です。三〇名ほどの刑事が来るはずです。刑事たちは人質の救出と犯人の確保に向けて活動します」

まっすぐに川勝教頭を見て、明瞭《めいりょう》な発声で夏希は言った。

「少しでも速く人質を救出してください」

川勝教頭の声に強い願いがこもっているように感じられた。

「はい、刑事たちは一丸となって力を尽くします」

あらためて夏希はきっぱりと言い切った。

そのとき夏希のスマホが振動した。

画面には凪沙の名前が表示されている。

「真田さん、大磯署地域課、生活安全課の皆さんと、刑事課の方が見えました。刑事課の方は応接室に行ってもらいますか？」

凪沙は静かな調子で訊いた。

「まだ、前線本部の話も決まってないから、とりあえずそちらの警備に加わってもらってください」

「了解です。西棟一階の多目的ルームは、上原先生に解錠してもらって、大磯署の人たちに先に入ってもらっています」

さすがに凪沙は手際よい。

「前線本部が設置できたら、こちらからまた連絡します」

夏希は電話を切って、川勝教頭に向き直った。

「教頭先生、前線本部の設置をお願いするお話をしたいのですが」

「そうそう、校内に刑事さんたちが詰める場所を設けたいというお話ですね」

川勝教頭は夏希の目を覗《のぞ》き込むようにして言った。

「もうお話がありましたか」

「はい、刑事総務課から刑事部長さん名義の依頼を受けました。それで、わたしから瀬田校長に連絡を取ってオーケーをもらってあります」

「刑事たちは人質救出のために懸命に仕事をします。そのために、刑事たちが詰めて仕事をする場所が前線本部となります」

「下校する児童を集める多目的ルームは別として、どの部屋でも自由にお使い頂きたいと思います」

川勝教頭の声はいくぶん明るくなった。

「ありがとうございます。刑事部としては、現場の視聴覚教室と同じフロアで、ある程度の距離を持った部屋が望ましいと考えています。PCも一〇台程度は持ち込みますので家庭用電源はいくつか備えている必要があります。どの教室が適当でしょうか」

夏希は川勝教頭の顔を見て訊いた。

「そうですね……視聴覚教室と同じフロアとなりますと、東棟の一階と二階ですね。二階には各学年の普通教室があって、まだ児童がいます。一階は理科室や音楽室、図工教室、家庭科教室、調理室、語学学習室などの特別教室です。いまは音楽室を四年生が使っているだけなので、彼らを自分たちの普通教室に戻せば、フロア全体が空になります。なので、東棟の一階が適当だと思います。視聴覚教室からある程度離れた場所となると三教室離れたコンピュータ教室ですね。指導者用も含めて一四台のデスクトップPCがあり、そのほかにレーザープリンタやスキャナー、音響設備、簡易撮影設備、大型モニターなどひと通りパソコン周辺機器も備えてあります。コンピュータ教室なら一・五教室分のひろさもあります。こちらの部屋をお使い頂ければよろしいように思います。もちろん電源コンセントはじゅうぶんな数があります」

川勝教頭は自信たっぷりに言った。

「いまの学校はタブレット中心の教育なのではないんですか」

なにげなく夏希は訊《き》いた。

「はい、本校ももちろん全児童がタブレットを活用して授業を受けています。しかし、ここ数年指摘されているのは、児童生徒のキーボード入力スキルの低下です。スマホとタブレットには長《た》けている子どもたちは、キーボードで入力する能力に問題が出ています。そして学校教育が力を入れたことで、向上しています。文部科学省が児童生徒の情報活用能力調査でキーボードによる文字入力を調査しました。小学校五年生の場合、一分間あたりの文字入力数は前回調査の二〇一四年は五・九文字でしたが、二〇二二年ではなんと一五・八文字にまでアップしたのです。本校ではキーボードの入力スキルを楽しみながら向上できるような授業を行っております。また、本校ではデジタルリテラシーの向上を図ることにも力を入れております。子どもたちが正しくパソコンを使えるような能力を身につけることを目標としております。本日の真田先生の授業もその一環だったのです」

川勝教頭は張りのある声で答えた。

教員は教育内容を語るときには大変に饒舌《じょうぜつ》になることに夏希は気づいた。

そうだ……今日は授業に来たはずだった。

まさかこんな仕事をする羽目になるとは夢にも思っていなかった。

一時的とは言え、教壇に立っていた三時間目が遠いむかしのような気がする。

「そうでしたね。ところで、刑事たちは一〇台程度のノートPCを持ち込む予定です。設置するスペースや電源は大丈夫でしょうか」

細かいことを夏希は訊いた。

「はい、コンピュータ教室には一四脚のパソコンデスクのほかに、教室後方には円形の大きな会議テーブルを設けてあります。椅子も一四脚以上は用意してあります。こちらにノートPCを展開してください。電源はじゅうぶんに取れると思います」

明るい声で川勝教頭は答えた。

「児童用のテーブルですか」

高さが心配になって夏希は訊いた。

「申し訳ないですが、ほとんどの椅子や机は四年生用の高さに調節してあります。高さ調節は刑事さんたちにお願いしたいです。ハンドル式なので簡単です」

川勝教頭は口もとにわずかに笑みを浮かべた。

「わかりました。では、刑事各自に調節させます。では、わたしは前線本部設置のためにコンピュータ教室へと移動したいと思いますが」

夏希の言葉に川勝教頭は顔色を曇らせた。

「あの……下校についての警察からのご指示も伺っておきたいのですが……」

たしかに川勝教頭の言うことは正しい。

「そうですね。下校については上原先生にはお話ししたのですが、教頭先生にもきちんとお話ししなければなりませんね。それにこれからお願いしたいことが出てくるはずです」

電話で指示することもできるが、重要な内容ではあるし直接指示したい。

「はい、わたしにおっしゃってください。可能であれば、前線本部の準備ができて稼働し始め、真田先生があちらで必要となるまでの間は、この応接室にいて学校に対して適切な指示を出し続けて頂けるとありがたいのですが」

遠慮がちに川勝教頭は言った。

前線本部の設置で手伝えることは、机と椅子の並べ替えやノートPCの起《た》ち上げくらいだ。夏希でなくともできる仕事だ。

「わかりました。しばらくはこの部屋におります」

学校側の要望に応《こた》えることも、事件解決のためには必要だと夏希は思った。

「ありがたい。この応接室は学校側の対策本部とします。二人くらいの職員を連絡要員として配置します」

川勝教頭は頭を下げた。

夏希はスマホを取り出して凪沙に電話を掛けた。

「前線本部の設置場所が決まりました。東棟一階のコンピュータ教室をお借りできました。大磯署刑事課の皆さんは上原先生に場所をお伺いして、コンピュータ教室に向かってもらってください。もし機捜の方が見えても同じです」

本来は夏希が命令することではないが、この場合には仕方がない。

「機捜は小田原分駐所の方が二名見えていますが、所轄刑事課の皆さんと一緒にコンピュータ教室に行ってもらいます。真田さんもコンピュータ教室に来られますか」

「わたしはしばらく全体的な事態に対応するために、教頭先生と一緒に応接室に残ります。この部屋が学校側の対策本部となるそうです」

「わかりました。わたしはしばらく正門付近で到着した警察官に説明をする役目を続けます」

「お疲れさまです。ではまた連絡します」

夏希は電話を切った。

正面の窓に下がった白いブラインドを見ていていまさらながらに気づいた。

「あの……この応接室から正門付近は見えますか」

いきなり強い声で訊いたので、川勝教頭は驚きの表情を見せた。

「左手の眼下に見えます」

川勝教頭は立ち上がると、窓辺によってブラインドを巻き上げた。

夏希も早足に窓辺に近づいた。

眼下を見下ろすと、正門付近はガランとして車両も人の姿も見えなかった。

大磯署員は多目的ルームなどに移動したのだろう。凪沙がいる場所もわからなかった。

正門の向こうには並木の続く急な下り坂が延びている。

「この坂は子どもたちにとっても素敵な学校の入口ですね」

清々《すがすが》しい景色に救われた気がして、なにげなく夏希は言った。

「子どもたちがこの坂を上り下りすることは、学校の建つ丘を探検する校外学習のときくらいしかありません。登下校はほとんどの子どもが大磯駅からのスクールバスに乗ってきますから。一部の子どもは保護者がクルマで送迎していますが……」

おだやかな声で川勝教頭は言った。

「スクールバスですか」

夏希はハッとした。そうか、その手でいけばいい。

「ええ、ふつうの大型バスを所有しています。六〇人以上の子どもが乗れますので、二回運行すれば全校児童が運べます。たとえばこれからの時間ですと、四時間目終了に合わせて一三時四〇分、五時間目終了に合わせて一四時四〇分頃、その後も一五時台、一六時台、一七時台に一本ずつＪＲの大磯駅まで運行しています。所要時間は片道一〇分ほどです。学年ごとに終了時刻はズレているので、このバスの運行スケジュールで児童が乗り切れないということはまずありません」

川勝教頭の声は自信ありげだった。

「教頭先生、一年生から四年生、六年生を、スクールバスで下校させてはいかがでしょうか」

夏希は熱っぽい口調で言った。

「そうか……二回運行すれば、下校させられますね」

顔がパッと輝き、川勝教頭は弾んだ声を出した。

「保護者の方には大磯駅まで迎えに来てもらうのです。無理ではないですよね」

かつて美味《おい》しい料理を食べに訪ねた大磯駅前を夏希は思い出していた。

広いロータリーはなかったが、駅前にそれほど多くのクルマを見た覚えはなかった。

駐車スペースにはゆとりがありそうだ。

「多くの子どもは東海道線を利用しています。日頃も東海道線に乗らない子どもの家庭は駅まで迎えに来ています。保護者に大磯駅まで迎えを頼むのは問題ないと思います」

川勝教頭の声にも力が入っていた。

「迎えの保護者のクルマが一度に駅に集中しても大丈夫なように、大磯署に交通整理を頼むことにします」

「全教員が二度に分かれて引率し、子どもを駅に降ろした後は保護者に引き渡すまで付き添います。ほとんどの保護者が連絡から三〇分ほどで迎えに来ると思います」

「それなら問題は少なそうですね。わたし、ちょっと上司に話してみます」

夏希は明るい声で言ってスマホを手に取った。

「はい、織田です。なにかありましたか」

織田の力強い声が響いた。

「児童の下校の方法ですが、スクールバスを二往復させて大磯駅まで児童を運ぶというのはいかがでしょうか。保護者にはJR大磯駅への迎えを頼むのです」

自信を持って夏希は提案した。

「それはいい方法ですね。スクールバスで行きましょう」

はっきりと織田は賛成してくれた。

夏希は嬉《うれ》しかった。

「では、児童を多目的ルームに集めてもよろしいですね」

「そうですね……児童を一箇所に集めてもよさそうですね」

「スクールバスに児童をいつ乗せますか」

いちばん重要な問題だ。

「先ほど打ち合わせたとおり、小田原の管区機動隊員の配置後ですね。もうほどなく到着するはずです。到着後五分後には配置が終わります。そしたらスクールバスに児童を乗せてすぐに出発してください」

「保護者への連絡はメールやメッセージ配信でよろしいですか。その後、直ちに保護者に連絡を入れてください」

「学校側がいつも使っている手段があるでしょう。既読がわかるような……」

「あると思います。それで配信してもらいます」

「では、機動隊員の配置が終わり、出発できる時点で連絡をしてください」

電話は切れた。

「教頭先生、児童を多目的ルームに集めてください」

スマホをしまった夏希は張りのある声で指示した。

「もう子どもを集めても大丈夫ですか」

川勝教頭の嬉しそうな声が響いた。

「はい、正門周辺に機動隊員の配置が完了したら、児童をスクールバスに乗せます。児童が乗車したら、すぐに出発です」

元気よく夏希は言った。

「駅での待ち時間が長くなる可能性がある第一便には高学年の児童を乗せて出発させます。低学年に弟妹がいる場合は把握していますので一緒のバスに乗せます」

さすがにこのあたりは学校は手慣れている。

「機動隊の配置には、少し待つことになるかもしれませんよ」

子どもが騒ぎ出さないかは心配だった。

「大丈夫です。ショートアニメの『ちいかわ』や『異世界かるてっと』あたりを見せて我慢させます」

川勝教頭はちいさく笑った。

「では、子どもを西棟の多目的ルームに集めてください」

「了解です」

夏希の指示に、カフェテーブルのビジネスホンを川勝教頭は手にした。

「教頭です。警察のご指示によりスクールバスで一年生から四年生と六年生の児童を下校させます。まずは一年生から四年生と、六年生の全児童を多目的ルームに集めます」

川勝教頭は夏希が伝えたとおりの下校手順を通話相手の職員に伝えると、「お願いします」と受話器を置いた。

「保護者へはどの程度の事実を伝えればよろしいでしょうか」

気難しい顔つきで川勝教頭は訊《き》いた。

「あまりはっきりしたことは伝えないほうがいいと思います。近辺で不審者が現れ校舎内で危険が懸念され、至急下校させるので大磯駅まで迎えに来てほしいというくらいでかまわないと思います。この情報をいつも保護者に連絡している学校メールで送ってください」

ゆったりとした調子で夏希は指示した。

「はい、専用のメール連絡網に加入してもらっています。学校側からは保護者の未読・既読がチェックできます。ところで、詳細情報を求める保護者からの質問に対してはどのように答えればいいでしょうか」

眉《まゆ》をひそめて川勝教頭は訊いた。

「あらためて警察発表があるまで待ってくださいと答えてください。それでも食い下がる保護者には神奈川県警本部刑事部に訊いてほしいと伝えていいです」

夏希はきりっとした声で答えた。

最終的には刑事部に説明責任があるようにも思う。

「五年生の保護者に対してはどうすればいいですか」

息をついて、川勝教頭は眉根を寄せた。

これこそ丁寧に対応しなければならない。

「人質になっている二〇名の子どもの家庭にはメール等ではなく、先生方が電話して説明してください。神奈川県警が多数の警察官を派遣して救出しますと言ってください。救出活動に支障を来しますので、学校には来ないでくださいということを伝えてほしいです。また、これは重要なんですけれど、捕らえられている児童の安全のために、このたてこもりの事実は誰にも話さないようにとお願いしてください。質問や苦情はやはり本部刑事部がお受けします」

言葉に力をこめて夏希は言った。

「ちょっと職員室に顔を出して、いまのことを職員に指示してきます」

川勝教頭は立ち上がって、廊下へと出て行った。

スマホをとって夏希は凪沙に電話をした。

「あのね、一斉下校が決まりました」

夏希は明るい声で告げた。

「よかった!」

凪沙の声ははずんだ。

「児童が多目的ルームに集まってくると思いますが……」

いま川勝教頭に伝えたことなどを詳しく話した。

「わかりました。わたし、児童が乗った二度目のバスが出るまでここにいたいと思います」

明るい声で凪沙は答えた。

「お願いします。では、織田部長から出発オーケーの連絡が来たら電話するね」

夏希が電話を切ったところで、川勝教頭が戻ってきた。

「職員に細かいことまできちんと指示してきました」

「あとは出発オーケーが出るのを待ちましょう」

夏希は笑顔で答えた。

第二章　ターゲット

【1】

「失礼します」

廊下で男の声が響いた。

「どうぞ」

川勝教頭が入室を許すと、一人の若い男性職員が一礼して入室してきた。

二〇代なかばくらいで、チャコールグレーのセーターを着たややふっくらした男だった。

その職員はノートPCを携帯している。

「矢島《やじま》先生、どうされましたか」

けげんな顔で川勝教頭は矢島の顔を見た。

少なくとも応接連絡要員に配置しようとした職員ではないようだ。

管理職たる教頭が、若い教職員にこんなにていねいな口の利き方をする学校という職場が、いまさらながらに不思議に思えた。

警察とは正反対の雰囲気だ。

「実は視聴覚教室のようすを捉《とら》える方法を見つけました」

矢島はおっとりした調子で言った。

「視聴覚教室の内部ですか？」

川勝教頭は驚きの声を上げて矢島の顔を見た。

「ぜひ見せてください」

夏希は言葉に熱を込めた。

「ちょっとお待ちくださいね」

矢島はカーペットに膝《ひざ》を突いてカフェテーブルの上にノートPCを置いた。

初期画面が立ち上がると、矢島はタッチパッドを操作してキーボードを叩《たた》いた。

「あの……実は視聴覚教室にはライブカメラが設置してあるのです。で、このカメラはリモート操作が可能でして、電源もWi‐Fi経由でオンオフできます。で、さっきこのカメラを起動してみたら、教室内が映りました」

矢島の言葉と同時にブラウザのようなソフトに映像が映った。

「あっ」

視聴覚教室の内部に違いなかった。

ライブカメラは広角レンズを使っているらしく、視聴覚教室のかなりの範囲を捉えている。

準備室から見ていた景色とはまったく反対の方向だった。

カメラの位置は演台の上あたりの天井と思われ、教室前方から後方に向けて見た映像が捉えられている。

授業のときに夏希が演台から見ていた方向の景色と同じである。

背後にはシャッターで塞《ふさ》がれた準備室の窓が見える。

子どもたちと陽菜はこちらを向いて座っている。

「よかった……みんな無事だ」

夏希の口から自然に安堵《あんど》の言葉が出た。

子どもたちも陽菜もケガをしているようすはない。

誰もが暗い顔をしているが、パニックを起こしているようには見えない。

意識が弱くなっているような子どももいなかった。

まだ、一時間と経っていないから我慢できるのかもしれない。

長時間となれば、こんな状況に耐えられる者はいない。

突然、泣き声がPCから響いた。

最後列左側に座っている女児の泣き声だった。

「音も出るのね」

画面に視線を置いたまま、夏希は驚きの声を上げた。

「はい、ライブカメラにはマイクが内蔵されていますのでその音を拾います。意外といい音なので驚いています」

矢島はのんびりとした調子で言った。

子どもは声を抑えて泣いている。

ひっくひっくというような嗚咽《おえつ》の声が響いていた。

「静かにしなっ」

陽菜の隣に座っていた女が叫んだ。

おまけに銃口を女児に向けた。

女児はひっという短い叫び声とともに口をつぐんだ。

夏希は女の酷薄な態度に腹が立った。

まだ一〇歳、一一歳という年頃ではないか。

この子たちが強い恐怖を我慢して、静かにしていることがどんなに大変か。

どんなにすぐれた自己抑制の力を持っている子どもたちなのか。

夏希にはいじらしくてならなかった。

子どもを人質に取るような女には児童への理解や思いやりなどあるはずもないのだろう。

映像には女の顔がはっきり映っていた。

卵形であごが少し尖《とが》った輪郭に、整った目鼻立ちを持っている。

切れ長の目は冷たい光に輝き、薄めの唇が情の薄さを感じさせる。

年齢は二〇代後半くらいだろうか。

ぱっと見は、こんな大胆な犯罪をするような女性とは思えない。

「これって録画できないんですか？」

夏希は矢島に訊《き》いた。

「できます。というか、最初から録画しています。当然ながら音声も記録しています」

誇らしげに矢島は答えた。

「ありがとうございます。後で映像を提供して頂けるとありがたいのですが」

丁寧に夏希は頼んだ。

「おまえたちが妙な動きをすれば、ひどい目に遭うよ」

女は子どもたちを見まわして、冷たい声で脅した。

四人の男たちはナイフをギラつかせ、子どもたちは無言で身を硬くした。

男たちのなかでカメラのほうを向いているのは左右のドアの脇に立つ二人くらいだった。

細くて背の高い男と、目つきが悪く凶悪で暴力的な顔つきに見える男だ。

背中を見せているほかの男たちも、姿勢を変えたときなどには顔が映っているかもしれない。

いずれにしても犯人一味の正体を突き止めるための重要な手がかりになるはずだ。

「もちろんです。そのつもりで録画していますから」

矢島はふっくらした顔でにこやかに言った。

そのとき、映像のいちばん背後、つまりカメラより後ろの位置で号令のような声が聞こえた。

管区機動隊の隊員が到着し、配置についたようだ。

銃を手にしたまま、女は正面つまり正門方向を睨《にら》みつけた。

「外がうるさくなったな」

吐き捨てるように言うと、女は立ち上がった。

「邪魔くさい連中がやってきたから、次のステップに移ることにする。これから呼ぶ三人のガキは前に出るんだ」

女はぐるりと子どもたちを見まわした。

「いいか、小寺政人、白井愛莉、土橋春人の三人だ。この三人のガキは前に出ろっ」

きつい声音で女は叫んだ。

「そんな……」

陽菜が目を剝《む》いて言葉を失った。

夏希も驚くしかなかった。あの三人ではないか。

なぜ、犯人はこの三人を指名したのか。

夏希の授業で指名したシーンを見ていたはずはないのだ。

子どもたちは身をすくめて板のようにこわばっている。

どの子も小刻みに身体を震わせている。

指名された三人はすっかり白い顔色になって、表情は乏しい。

感情という感情が、恐怖さえ失いかけているように見えた。

まるで生命を持たぬ人形のようにも見えた。

「おい、小寺、白井、土橋というガキ。とぼけてんじゃねぇ。名札を付けてるんだから見りゃあ誰が誰だかわかるんだ。いますぐ自分だって教えねぇと三人ともぶっ殺す」

ヒステリックに叫んで、女は拳銃《けんじゅう》の筒先をゆらめかした。

「撃たないで」

なぜか両耳を左右の手でふさいで、政人が叫んだ。

「嫌だ、嫌だ、嫌だぁ」

春人は右手を突っ張らせて右手を上げた。

「わたし悪いことしてない。なんで、なんで、なんで」

愛莉は両手を固く握りしめた。

「うるせぇんだよ。おめぇら」

荒々しく女が叫んだ。

夏希は心底腹を立てていた。

子どもたちは身体を板のように硬くしていっさいの表情が消えた。

もはや完全に人形のようにさえ見える。

「みんな、大丈夫。大丈夫だよ。先生がついてるよ」

陽菜が顔をくしゃくしゃに歪《ゆが》めて叫んだ。

彼女が子どもを愛する気持ちに、夏希は感銘を受けていた。

陽菜は愛にあふれた人間に違いない。

画面の左側に立つ男が鋭い目つきでこちらを向いた。

カメラに気づいたのだ。

男は顔を歪めて「クワッ」というような声で叫んだ。

画面に黒いものが迫った。

次の瞬間、破裂音が響いて画面は真っ暗になった。

「うわーっ、気づかれた」

矢島は嘆き声を上げた。

映像ばかりか音声も消えた。

「どうしたのです？」

川勝教頭が目を見張った。

「あの背の高い男がカメラに気づきました。カメラがなにかで叩《たた》かれたようです。マイクも破壊されたのか、音声も途絶えました」

眉《まゆ》を曇らせて矢島は嘆いた。

「もうあちらの映像は見えないか……子どもたちはいったいどうなってしまうんだっ」

激しい口調で叫んだ川勝教頭は頭を両手で抱えた。

「犯人たちの意図が摑《つか》めません。現時点では情報収集に努めるべきです」

ひどく冷静な言葉を夏希は口にした。

本当は夏希だって叫び声を上げたいくらいに、子どもたちが心配だ。

しかし自分はプロだ。感情を表に出すべきではない。

「しかしひどい女だ」

珍しくきつい調子で川勝教頭は嘆いた。

「許せないです。子どもをなんだと思っているのでしょうか」

抑えた夏希の声は怒りに燃えた。

「まったくです。しかし、泉沢先生がしっかりしていてよかった」

川勝教頭は声を震わせた。

「素晴らしい先生ですね」

夏希の声はわずかに潤んだ。

「ふだんはおとなしいですが、とても情熱的な先生なのです。本校にはなくてはならない人間なのです」

川勝教頭は陽菜を手放しで褒めた。

「早く救い出さなければ」

夏希が独り言のように口にすると、川勝教頭は大きくうなずいた。

PC画面は真っ黒だし、なんの音も聞こえてこない。

モニタリングを続けることは永遠にできなくなった。

「ライブ映像を警察のPCに転送しようと思っていたのですが、無理になりました」

矢島は冴《さ》えない声を出した。

「そんなことができたんですか……」

夏希は矢島の顔を見た。

「はい、つい映像に引き込まれて、警察の転送先URLを伺いそびれてしまいました」

矢島はちいさく舌打ちした。

早く織田に連絡しておけばよかったと、夏希も反省した。

いま見聞きした事態も織田に伝えなければならない。

「矢島先生、いま録画していた数分間の映像を県警本部に送ることってできますか」

夏希が訊《き》くと矢島は明るい顔で答えた。

「録画映像なら、メールアドレスを教えて頂ければすぐに送れますよ。アドレスをスマホに表示して頂ければ写真に撮ってOCRアプリですぐにテキスト化できます」

「すぐに県警のアドレスを出します」

答えつつ、スマホを取り出して県警刑事部の内部連絡用のアドレスを探した。

「こちらのアドレスです」

夏希はスマホの画面を矢島に掲げて見せた。

「こちらですね」

矢島は自分のスマホを夏希のスマホに向けて写真を撮ってから画面をタップして、デスク上のノートPCを操作した。

「『映像』というタイトルで送りますよ」

「お願いします」

夏希はスマホを手にして、織田の電話番号をタップした。

「真田さん、なにかありましたか」

織田のやわらかい声が響いた。

「視聴覚教室内にはライブカメラが固定されていました。こちらの先生が音声入りのライブ映像を見せてくださって数分間、室内を観察できました。残念ながらわたしたちが見ていることに気づかれてカメラを破壊されてしまいましたが、録画した動画を刑事部の内部連絡用アドレスに送って頂きました。とにかく動画を見てくだされば状況がおわかり頂けると思います」

夏希は言葉に力を込めた。

「ちょっと待ってください。あ……これですね。こちらからも連絡事項があります。現場の視聴覚教室前に機動隊員の配置が完了しました。児童をバスで下校させてください。保護者への連絡も開始してかまいません。僕がこの動画を見ている間に、学校側に連絡するなど所要の措置をとってください」

織田は刑事部長らしい指示を出した。

待っていた下校がやっと開始できる。五年生以外の子どもたちはこの危険な領域から解放できる。

「了解しました。教頭先生や小林さんに連絡して下校を進めてもらいます」

明るい声で夏希は答えた。

「お願いします。動画を見た後に連絡します」

あっさりと電話は切れた。

「教頭先生、視聴覚教室前に機動隊員の配置が済みました。子どもたちをバスに乗せてください。また、保護者への連絡も開始してください」

夏希は元気よく指示した。

「いよいよですね。職員室に戻って直接指示してきます。全担任はすでに多目的ルームにいますが、ほかの職員を応援に加えます」

勢いのある返事をして川勝教頭は席を立った。

「では、僕も戻ります。PCはしばらくここに置いときますね」

気ぜわしく言って、矢島は後に続いた。

夏希はスマホを手にして凪沙に掛けた。

「小林さん、機動隊員の配置が終わりました」

夏希は窓際に立って機動隊員の姿を見たまま、話し始めた。

「いま多目的ルーム隣の小部屋にいるんですが、配置完了の連絡はついさっき大磯署の地域課員から聞きました。やっと子どもたちをバスに乗せられますね」

弾む声で凪沙は答えた。

「どうですか。子どもたちは飽きちゃってるんじゃないですか」

わずかに笑いを含んだ声で夏希は訊いた。

「いいえ、『クレヨンしんちゃん』を見て笑っています。事件に気づいている子どもはいないように見えます。五年生は特別授業の関係で少し遅れるという言い訳も信じているようです。六年生にはなにかおかしいと思っている子どももいますが、この学校の子はおとなしくて教員に対してそんなことを質問してきたりしません。無事にスクールバスは出発できると思います」

凪沙の声は力強かった。

「安心しました。この方法でうまくいきそうですね」

「はい、大丈夫だと思います。そちらはどうですか」

凪沙の声が心配そうに沈んだ。

「児童と泉沢先生は無事だけど、ちょっとした問題が起きそうなの。いま織田部長と対応を検討しています。捜査一課のみんなが到着しないと進めない部分はあるけど……」

夏希は言葉を濁した。

いま凪沙に視聴覚教室内の状況を伝えてもプラスになることはないだろう。

だいいちなにが起きているのかは夏希たちにもわかってはいない。

もう少し状況がはっきりしてから凪沙に伝えるべきだと夏希は考えていた。

「了解です。なにかわかりましたら連絡してください。すみません、子どもが動き出したので、失礼します」

凪沙はあわただしく言って電話を切った。

夏希は窓の外へ視線を移した。

眼下に視線を移すと、視聴覚教室の前のスペースに二〇人以上の機動隊員が警戒のために立哨《りっしょう》していた。

ヘルメット姿で紺色の出動服の上に防護ベストを羽織り、臑当《すねあて》や籠手《こて》などで身を守っている。

警備部のことに夏希は詳しくないが、三分隊を擁する一小隊が三〇数名と聞いている。

もし、一小隊が来校しているのなら、残りの一分隊の一〇名くらいは校舎内のたとえば視聴覚準備室などを固めているのかもしれない。

ちなみに分隊長は巡査部長で、小隊長は警部補だそうだ。

とても夏希にはこんなに多くの部下を持つことはできそうにない。

いずれにしてもこれだけの人数の機動隊員が警戒していれば、犯人一味は視聴覚教室から外部に出るわけにはいくまい。

下校児童をバスに乗せて正門を通すことには、何の不安もない。

夏希が安堵《あんど》の気持ちを抱いていると、スマホが鳴って画面に織田の名が表示された。

窓際に立ったまま、夏希は電話に出た。

「動画すべて見ました。犯人一味の意図がわかりません。が、これはマズい事態ですね」

織田の声は憂慮に沈んだ。

「そうなのです。ナイフを突きつけられている三人の子どもの精神的な苦しさを考えると、胸が張り裂けそうです。その動画に映っている姿は、ふつうの大人だってPTSDに罹《かか》ってしまうおそれが強い状況です」

夏希は苦しい声を出した。

PTSD。つまり、心的外傷後ストレス障害は生死に関わるような経験をした後で始まる日常生活に支障を来すいくつもの症状を発する精神障害である。イライラ感や過剰な警戒心、ちょっとした刺激にもビクッとするような驚愕《きょうがく》反応や集中困難、睡眠障害などの症状が見られる。

トラウマに焦点を当てた認知行動療法が有効であるとされているが、そもそも児童をPTSDなどに罹患《りかん》させてはならない。

「憂慮すべき事態です。少しでも早く児童たちを救出しなければなりません」

織田は緊張感ある声で言った。

「一刻も早くです」

百もわかっていることを夏希は繰り返さざるを得なかった。

「その通りです。ただ、動画を見て僕はひとつだけプラスの側面を感じました」

織田の言葉は夏希にはまるきりの謎だった。

「あの残酷な動画のどこにプラスの側面があるというのですか」

食ってかかるように夏希は訊《き》いた。

「たしかに女の行動は残酷と言ってもいいかもしれません。ですが、合理的なひとつの目的を遂行しようとしていることは間違いないと思います」

織田ははっきりとした声で言った。

「どういうことですか」

夏希にはまだ織田の考えが摑《つか》めなかった。

「さらに、侵入時のようすと動画の行動を考え合わせると、犯人一味は素人犯罪者とは思えません。ある程度、犯罪に手慣れた者がほとんどだと思います。そもそも素人には銃の発射ひとつとっても簡単なことではありません。六人がそろって自暴自棄な行動をするようなことはないといってもいいと思います。つまり、犯人たちはただ暴れたり騒ぐために犯行を起こしたのではないということです。彼らはなんらかの合理的な目的、たとえば脅迫による利得を目的としているのだと思います。ですので、意味もなく児童や担任に暴力を振るったり、ケガさせたりしないことは確実だと思います」

織田の言葉には自信がこもっていた。

「思い返してみると、犯人一味にはオドオドしたようなところや不安定なそぶりがありませんでした。たしかに、彼らが自暴自棄な行動を取るとは思えません」

よく考えると、納得できる面は多々あった。

「この動画を撮ってくださった先生には感謝しています。犯人が合理的に行動すると信じさせてくれました。また、犯人の一部の顔などについての貴重な情報がとれたことはよかった。いま捜査一課をはじめ警備にも協力してもらって犯人の特定に努めています。ところで、動画中でライブカメラに気づいて破壊した男が『クワッ』と叫んでいますね」

「はい、そのように聞こえました」

「捜査一課のある捜査員が、あれは中国語ではないかと言っています」

さらりと織田はとんでもないことを口にした。

「えーっ本当ですか」

夏希は思わず叫び声を上げた。

とすると、犯人一味は中国人だというのか。

「ええ、『可恶《kě wù》』(kě wù)と叫んでいるように思えるそうです。本来は『憎らしい』あるいは『嫌らしい』という意味だそうですが、口語的には『くそっ!』とか『ちくしょう!』という意味で使われることが多いそうです。あの場面の言葉としてはぴったりです。犯人一味のあの男は中国人である可能性が出てきました」

平らかに織田は言った。

「犯人一味の女は流ちょうな日本語を話していました。言葉遣いは乱暴でしたが、発音やイントネーションに不自然な部分は感じませんでした」

自分の感覚からはあの女は日本人だと思っていた。

「そうだとしても日本人とは限りません。また、女一人が日本人である可能性も考えるべきでしょう」

冷静な声で織田は言った。

「たしかに言葉らしい言葉を口にしたのは女だけでしたが……」

夏希は準備室から覗《のぞ》いた光景といまの動画を思い出しながら答えた。

「いまのところは即断するのはやめましょう。犯人の顔の分析が進む可能性もあります。ところで大磯署から連絡が入りました。犯人が撃った弾は学校の塀にめり込んでいたので、比較的早く発見できました。大磯署鑑識係の分析では9ミリパラベラム弾とのことです。また、何名かの足跡は採取できたそうです。また、犯人が乗りつけたクルマは、トヨタアルファードのレンタカーでした。横浜市港北区《こうほく》のレンタカー屋で借りた車両です。借り受けた者は藤沢真弓《ふじさわまゆみ》を名乗る三〇歳くらいの女性ですが、どうやら現在立てこもっているあの女本人らしいということがわかりました」

織田はさらさらと説明した。

「えっ、では、あの女は藤沢真弓という名前なのですか」

夏希は声を高めて訊いた。

「いいえ、偽造免許証でした。住所もデタラメでした。いずれも収集した証拠は現時点では犯人たちの特定につながりそうにありません」

織田は渋い声で言った。

「やはり、いまの動画が犯人特定につながる道なのですね」

夏希は言葉に期待を込めた。

「分析を急がせています……ところで、僕はこれから本部庁舎を出て、大磯に向かいます。ようやくこちらの急ぎの仕事が片づきました。すでに捜査一課の数名が先に出発しています」

明るい声で織田は言った。

「ご到着をお待ちしております」

夏希は言葉に期待を込めた。

「公用車の中からも電話やメールはもちろん、動画を見るなどの対応は取れます。ですが、なにぶんにも移動中のことなので、連絡がつきにくい場合もあります」

冴《さ》えない声で織田は答えた。

「織田部長に連絡が取れないときに、重要な事態が起きたらどうしましょうか」

今回はずっと織田の指示に従ってきただけに、夏希は不安だった。

「まもなく到着する島津警部補と相談して事態に対処してください」

明るい声で織田は言った。

「えっ、島津さんが来るんですね」

夏希は喜びの声を上げた。

島津冴美が特殊第一係の四班を率いてきてくれれば、事態の解決にはどれほど頼りになることだろうか。彼女とは何度も現場をともにして気心も知れている。

「ええ、僕のところに届いている連絡では、すでに小田原厚木道路の大磯インターチェンジを降りたとのことです。あと一〇分くらいで現場到着《ゲンチャク》するはずです」

織田の声は明るかった。

「わかりました。島津さんと一緒なら安心です」

夏希の声はおおいに弾んだ。

「僕も一時間ちょっとで到着すると思います。では、また連絡します」

それだけ言うと、織田は電話を切った。

冴美と四班の精鋭なら必ず子どもたちを救ってくれる。

夏希の胸は期待で高鳴った。

そのときドアが開いて、川勝教頭が入ってきた。

「無事に第一便のバスが出発します。真田先生のおかげです」

川勝教頭は頭を下げた。

「いよいよ出ますか」

夏希は窓の外の下方へ視線を移した。

白地にライトブルーの塗装を施されたバスがゆっくりと正門を出ていく。

機動隊の数名が挙手の礼でバスを見送った。

っている。

「真田先生、前線本部に出頭して頂きましょうか」

聞き覚えのある声にドアのあたりを見ると、活動服にヘルメット姿の屈強な男が立

「青木《あおき》さんっ」

素《す》っ頓狂《とんきょう》な声で夏希は叫んだ。

男はＳＩＳ四班副隊長の青木巡査部長だった。

夏希は彼とも何度も一緒に仕事をしてきた。

「うちの姫が首を長くしてお待ちですよ……あ、ろくろ首じゃないですけど」

笑いながら青木は通りのよい声で言った。

ＳＩＳの隊員たちは生命を懸けるような任務の直前でも、冗談を言えるくらいの強《きょう》

靱《じん》な精神力を持っている。青木はとくに安定して強い心の持ち主だった。

「授業が終わったので、ただいま参ります」

夏希は気取った声で答えた。

「さ、行きましょう。連行です」

にやにや笑いながら青木は夏希の腕を引っ張るようにした。

「おてやわらかに」

夏希は悲鳴を上げた。

「お疲れさまでした」

頭を下げてねぎらいの言葉を口にして、川勝教頭は目を見張って夏希と青木を見ていた。


【2】


青木に従《つ》いて東棟に渡り、一階のコンピュータ教室に進んだ。

教室後方の入口まで進むと、室内のようすが見えた。

六名のＳＩＳの制服を着てヘルメットをかぶった隊員が、白く丸い大きな天板の会議テーブルに向かって座っている。隊員たちの目の前には数台のノートＰＣが起《た》ち上がっていた。

隊員が並んで座る端には冴美の姿があった。

ヘルメットの代わりに紺色のキャップをかぶってヘッドセットをつけている。

私服の男性刑事が六名、そのほかの席に位置取っていた。

大磯署の刑事課員と機捜の二名だろう。

彼らは待機状態で、現時点では特段の動きがなかった。

「隊長、真田先生の身柄を確保してきました」

青木が室内に呼びかける声が響いた。

ＳＩＳの制服組がさっと立ち上がって、列を作るといっせいに挙手の礼を送ってきた。

立ち上がった冴美は敬礼はしないが、笑顔で頭を下げた。

自分は偉いわけではないのに、あまりに丁重な態度をとられて夏希は気まずかった。

だが、隊員たちとの良好な関係がかたちになったと思うと、やはり嬉《うれ》しい。

「真田です。お世話になります」

なるべく明るい声を出すようにして夏希はあいさつした。

ＳＩＳの面々はそろって頭を下げた。

「今回も真田さんと仕事できて嬉しいです」

笑みを浮かべて、艶《つや》のある少しハスキーな声で冴美は言った。

私服捜査員はさまざまな年齢だったが、夏希とＳＩＳとの雰囲気を見てポカンとしている。

彼らは釣られるように頭を下げた。

ＳＩＳの男たちの脇から、冴美がゆっくりと歩み寄ってきた。

引き締まった身体つきの冴美からは、ピューマとかジャガーとかチーターとか、そんなネコ科の猛獣を連想する凛々《りり》しさをいつも感ずる。

鼻筋が通った卵形の小顔に光る切れ長の両眼は、冴美の意志の強さを示している。

「わたしの隣に座ってください」

にこやかに冴美は、隣の席を掌《てのひら》で指し示した。

「ありがとうございます」

夏希は指示された席にさっと座った。

「来てくれて本当にホッとしました。島津組の独擅場《どくせんじょう》ですからね」

お世辞はなく、夏希の本音だった。

「だけど、人質がほとんど児童という立てこもり事件は初めてなんです。その意味では不安があります」

冴美は声を曇らせた。

「島津さんらしくない弱気なことを。二〇名の五年生は、今日の三時間目にわたしの授業で教えた子たちなの。わずかな時間でも授業をしたら、子どもって可愛くなるもんですね」

情緒的な言葉が夏希から出た。

「わたしも真田さんの生徒になってみたいな」

冴美はちいさく笑った。

「あなたのような優秀な生徒はお断りです……冗談はともあれ、前線本部は設置できたのでしょうか」

夏希の問いに冴美は笑みを浮かべてうなずいた。

「はい、わたしたちの到着以前に大磯署刑事課と教職員の方たちに電源などを用意して頂けました。校内には高速の光回線が通じており、当然ながらこの教室にも回線が来ています。そちらのルーターも使用できる状態にしてくださいました。念のため一台のPCは大手キャリアの携帯電話網につなげています。また、ここでは固定電話を設置する必要はありません。前線本部は稼働可能な状態になっています」

快活な調子で冴美は言った。

「前線本部で力を尽くして、あの子たちを少しでも早く犯人の手から解放してあげたい」

夏希は言葉に熱を込めた。

「一〇歳くらいの子どもだと、そう長い時間は耐えられないですね。時間の経過に伴いさまざまな健康被害が出てくる。このあたりはお医者さまの真田さんの専門ね。でも、わたしがとくに心配しているのは指名された三人ですね」

冴美は悲しげに眉間《みけん》にしわを寄せた。

「そうなの。その子たちはとくにPTSDを発症することを心配しています」

得たりとばかりに夏希はうなずいた。

「本当に心配ですね。ひどい目に遭っているし……」

冴美は一段と渋い顔になった。

「あの動画はもう見ているのですね」

何ごとにつけてもSISは手早い。

「織田部長が動画を送ってきてくださったので、移動中の指揮車内のモニターで見ました。現場の視聴覚教室も映っている部分についてはしっかりと確認できました」

少し厳しい顔つきで冴美は言った。

SISは指揮車と機材運搬用車両の二台の車両で行動する。指揮車はルーフ上にアルミの大きなラックと数本のアンテナを備えたマイクロバスで、スモーク張りの車内には各種の通信機器やPC、モニターなどを備えている。機材運搬用車両は紺色に塗装された中型パネルトラックで、突入・制圧部隊の梯子《はしご》や照明器具、ファイバースコープなどさまざまな資材を積載している。

「あの動画は俺も見ました。本当に許せません。子どもを苦しめるようなヤツらは最低だ」

青木は吐き捨てるように言った。

「その通りです。青木さん、いつも以上に力が入ってますね」

夏希は青木の顔を見て言った。

「青木は二児のパパだからね」

冴美は口もとに笑みを浮かべた。

「そうなんですか」

夏希はふたたび青木の顔を見た。

「いやぁ、うちの長女と同い年なんですよ。五年生って言えば……」

青木は頰をうっすらと染めた。

彼は四〇歳少し手前だったろうか。五年生くらいの子どもがいても不思議ではない年齢だ。

「五年生はかわいい年頃ですね。子どもから少年や少女に変わってゆく頃ですよね……どうやってあの子たちを救えばいいのか」

夏希は嘆くような声を出した。

教室で自分を見つめていた真剣なたくさんの目を思い出す。

「犯人一味の集中力と体力の衰えを待つしか方法はありません。いま無理押しをして突入を試みるのは、繰り返しになりますが、大変に危険です。チャンスはやって来ます。そのチャンスを見逃さないのが、我々に課されたつとめです」

冴美の声が頼もしく響いた。

「チャンスの訪れを祈っています。あの子たちの……」

夏希の言葉を破るようにポケットでスマホが振動した。

手に取ると織田からの電話だった。

「お疲れさまです。島津さんたちＳＩＳの皆さんと合流しました」

元気よく夏希は電話に出た。

「本部庁舎を出て大磯に向かっています。そちらでは前線本部が立ち上げられますね」

織田の声は非常によく聞こえて、背後にやかましい雑音等はない。

公用車内はよほど静かな環境なのだろう。

「いつでも稼働できるそうです」

張り切って夏希は答えた。

「ちょっと島津さんに替わってもらえますか」

織田の言葉に夏希は冴美にスマホを差し出した。

「織田部長がお話ししたいそうです」

「わかりました」

緊張した表情で冴美はスマホをとった。

「そうですか。さっき教頭先生にここの図面はお借りしてコピーを取ってあります。それを確認して映像記録も確認した結果、現場での突入は大きな危険が伴うと考えます。犯人は銃は二丁しかないものの残りの者はナイフで武装しています。閃光音響弾《せんこう》を用いると、児童の鼓膜を負傷させるなどのおそれがあります。そんな危険性を持ちながらも、犯人全員を無抵抗にできるとは限りません。また、児童が二〇名もおりますので、突入の際に混乱を来して大パニックとなる危険性も高いです。子どもたちはいきなり突入した我々を恐ろしいものと感ずるはずです。子どもたちに説明している暇はありません。無理やり突入すれば、児童たちに負傷などの犠牲が出る可能性が高いと判断します」

冴美は浮かない声で説明を続けた。

子どもが二〇名いる環境での突入は危険なものに違いない。

織田がなにか喋《しゃべ》っている。

「え？　ファイバースコープを挿入して内部を映像で捕捉《ほそく》することですか。教室には四箇所のスチール製ドア以外に開口部がないために不可能です。ドアを開ければ、必ず犯人に気づかれます。一方、準備室には床から二二〇センチ程度の場所に高さ一二センチほどの換気口が二箇所あります。ここからのスコープ挿入は可能だと思いますが、教室内が明るいので監視されていると発覚するおそれが強いです。勘のいい犯人で、すでに二回も覗《のぞ》かれていることに気づいています。むしろ準備室の壁面に高感度コンクリートマイクを仕込んで、視聴覚教室内の音をモニターしたほうがいいと思います。はい、これから準備室に送り、あちらでモニターさせます。しばらくお待ち頂けますか。はい、わかりました。準備が整いましたら、お電話いたします」

冴美は電話を切って、夏希にスマホを返すと青木に向き直った。

「青木、杉原《すぎはら》を連れて視聴覚準備室に向かい、犯人に気づかれないように壁面にコンクリートマイクを仕込んで録音しなさい。準備室で杉原と交代でモニターして非常時に備えなさい。なにかあったら、わたしに連絡すること」

冴美はびしっと指示した。

「待ってました。やっと働けますね」

　青木はニカッと笑った。

「直ちにっ」

　隣に座っていた若くて背の高い杉原も元気よく答えた。

「それから集音した音をWi-Fiで飛ばして。こちらのPCで津川《つがわ》と五代《ごだい》が交代でモニターしなさい」

　冴美はほかの若い二人の隊員にも命じた。

「了解です」

　二人は声をそろえて答えた。

「じゃあ、行ってきます」

　青木は黒いボストンバッグを肩から提げて杉原を連れて部屋から出ていった。

　津川はヘッドホンを着けて、ノートPCに向かって操作を始めた。

「隊長、青木副隊長がセットしたコンクリートマイクの音がこちらに届きました」

　しばらくすると、津川がPCから顔を上げて冴美に報告した。

「無事に音が取れたのね」

　冴美の声は明るかった。

「結構よく聞こえます。ちょっと聴いてみてください」

津川はヘッドホンを冴美に渡した。

「よく聞こえるね。真田さんもどうぞ」

冴美はヘッドホンを夏希に差し出した。

「ありがとうございます」

夏希は胸を弾ませてヘッドホンに耳を澄ました。

ほとんどなんの音もしない。

犯人一味も口をつぐんでいるようだった。

だが、よく耳を澄ますと、かすかにすすり泣くような声としゃくり上げる声が聞こえる。

誰の泣き声かはわからないし、非常に抑えた声音だ。

きっと犯人を恐れているためだろう。

そんな気を遣わなければならない子どもたちに夏希の胸は痛んだ。

もう三時近い。どの子もきっとお腹が空《す》いていることだろうに。

じっと耐えている子どもたちが気の毒でたまらなかった。

冴美が自分のスマホをとった。

「織田部長、視聴覚教室と準備室の間の壁面にコンクリートマイクを設置しました。

準備室でモニターし、同時にＷｉ－Ｆｉで飛ばした音を前線本部で聴いております。静かな泣き声が聞こえるくらいで犯人は言葉を発しておりません。とくに現状に大きな問題は起きていないようです。はい、なにか問題が起きた場合にはすぐに連絡します」

報告が終わると、冴美はスマホをしまった。

それからしばらくの間は何ごとも起こらなかった。

コンクリートマイク音をモニターしている津川も口を閉ざしている。

夏希のスマホが振動した。

織田からの着信だった。

「犯人からのメッセージが県警本部のメールアドレスに届きました。なぜ、三人の児童が選ばれたのかもわかりました。いま、島津さんのＰＣに転送します。電話はつないだままで一緒に画像を見てください」

重々しい声で言う織田に、夏希の全身に緊張が走った。

「了解しました……島津さん、織田部長が犯人のメッセージをそちらのＰＣに転送されます。一緒に見てください」

低い声で夏希は頼んだ。

「わかりました。全員、わたしのPCの前に集合っ」

厳しい顔つきになって、冴美は号令を掛けた。

隊員たちは席から立って、夏希や冴美の背後を半円形に囲んだ。

冴美がキーボードやマウスを操作すると、メールソフトの起動後に画面が浮かび上がった。

「こ、これは……」

隊員の誰かが声を震わせた。

夏希の背中に冷たいものが走った。


——《湘南ハルモニア学園小学校》に在籍する小寺政人、土橋春人、白井愛莉の身柄を預かった。それぞれの祖父である小寺政之《まさゆき》、稲葉《いなば》道康《みちやす》、白井治夫《はるお》は世界にたくさんの災厄を及ぼした大悪人である。我々は大悪人たちに鉄槌《てっつい》を下さなければならない。社会正義のために大悪人に鉄槌を下す。今回の義挙に出たのはそのためである。

プロスキューター

犯人一味の意図は、犯人自身によって明らかにされた。

二〇人の五年生と陽菜を人質に取ったのは、この三人の祖父が目的なのだ。

そもそも、ほかの一七人の子どもは巻き添えを食っただけなのだ。

いや、三人を含めてすべての子どもたちと陽菜にはなんの責任もない。

あらためて夏希の腹の底に怒りが渦巻いた。

メッセージはもう一通あった。


——ひとつだけ警告する。この教室に決して侵入してはならない。侵入を試みることも許さない。また、メガホンなどの音声で呼びかけることを禁ずる。警察がそのような行動を取った場合には、泉沢陽菜教諭に罰を加える。

プロスキューター

夏希は息を呑《の》んだ。

陽菜の役割として、犯人一味が考えていたのはこういうこと、一種の生け贄《にえ》だったのか。

隣に座る冴美と顔を見合わせた。

冴美は暗い顔で首を静かに横に振った。

現時点ではSISの突入は検討できそうにない。

「メッセージを読みました」

夏希が声を出すと、すぐに織田の声が返ってきた。

「真田さんと僕との会話は島津さんたちにも聞いてもらいたいので、スピーカー通話にしてください」

「了解です」

ハンズフリー通話のアイコンをタップして、夏希はスマホを目の前のテーブルに置いた。

「目的は小寺さんたち三人の子どもの祖父だったのですね」

夏希はさっそくスマホに向かって話し始めた。

「小寺の祖父は化学製品大手メーカーの《ミネガミ》、土橋の祖父は通信インフラ大手の《プルトリア》、白井の祖父は大手総合商社の《日岳物産》……それぞれ元トップの会長などで、三人とも現在は一線を退いています。ただ、三人とも代表権のない相談役に就いているので、各社との関係は続いています。この三社はいずれも東証プライムに上場していて、世界各地に事業を発展させているグローバル企業としても知られています。詳しいことはいま本部にいる捜査一課員に調べてもらっていますが、それ相応の資産家ばかりです。プロスキューターは英語で検察官という意味で、三人の経済人を検断するつもりなのでしょうか。彼らは社会正義を標榜《ひょうぼう》しています」

いくぶん皮肉っぽい声で織田は言った。

「子どもを人質にとった上に苦しめて、なにが社会正義ですか」

思わず夏希は怒りをそのままぶつけてしまった。

「その通りです。プロスキューターを名乗ってはいますが、その大義名分は真実とはかけ離れているように思います。犯人は祖父たちに身代金を要求するおそれが出てきました」

織田は渋い声で言った。

「やはり営利目的の監禁ですか」

夏希は念を押した。

「その可能性は高いと思います。しかし、営利目的誘拐罪の成功率が低いことはよく知られています。監禁となると、さらに難易度は高まります。犯人一味の行動を振り返ると手際がよく、武器も備えています。繰り返しになりますが、犯人は素人とは思えません。そんな連中が手を出す犯罪とは考えにくいのです」

はっきりとした声で織田は言った。

「そうですね。どういうことなんでしょうか」

夏希は首をひねった。

「いまのところは理解しにくい点として頭の隅に留《とど》めておきましょう。ところで、真田さんにはこのメッセージに対して返信してほしいのです」

織田は言葉に力を込めた。

「対話を求めるのですね」

夏希は背中に緊張感が走るのを感じた。

自分の出番がやって来た。

「はい、どうにか犯人と意思疎通を図りたいです。説得できるかどうかはわかりませんが、コミュニケーションがとれる状態に持っていきたいです。犯人はメールアドレスを開示しています。禁じているのは侵入しようとしたり、音声で呼びかけることです。メールを送ることについては彼らの意に反することはないと思います」

織田は嚙《か》んで含めるように言った。

「わたしもそう思います」

夏希は反射的にうなずいていた。

「このメールアドレスや発信元についてはすでに、本部サイバーセキュリティ対策本部の技術支援課に発信元の特定などの解析を依頼しています。が、真田さんは捜査一課のメアドから、《かもめ★百合《ゆり》》名義で送信してください。とりあえずは人質に危害を加えないように言質《げんち》を取ってください。ところで、真田さんは視聴覚教室内にいるあの女と、プロスキューターが同一人物と考えますか」

織田の問いに答えるだけの情報は得ていなかった。

「わかりません。表面上はまったく態度が違います。現実に犯人の女は凶暴で荒っぽい言葉遣いをしています。人格や教育内容等に問題があるかもしれません。これに対してプロスキューターの文体はしっかりしていて感情を排している感じです。文法的にも問題がなく、ある意味練れた文章です。一見すると同一人物とは思えません。しかし、立てこもっている女はあえて乱暴な態度をとっていることもあり得ます」

否定できないと夏希は思っていた。

「つまり視聴覚教室内では演技をしているというわけですか」

念を押すように織田は訊《き》いた。

「ひとつの可能性に過ぎませんが……」

夏希も強く主張できるような根拠を持っていたわけではない。

ただ、思い返してみると、あの女の下品な態度には、どこかわざとらしい部分があったような気がする。

本当はもう少し品よく育った女なのかもしれない。

「頭に入れておきます。では、プロスキューターとの会話が成り立つような呼びかけをお願いします」

歯切れのよい声で織田は命じた。

「はい、では文章を起こしたら、織田部長のメアドに送りますので、チェックして頂ければ助かります」

今回は織田のチェックはどうしても必要だった。

「わかりました。真田さんのメールをチェックしたら電話します」

織田は電話を切った。

「犯人一味の意図がはっきりしましたね」

冴美が声を掛けてきた。

「はい、予想外の内容でした。あの三人を選んだのは、それぞれの祖父たちに対する攻撃の手段だったのですね」

夏希の言葉に、冴美は目を光らせた。

「わたしには営利目的としか考えられません。必ず身代金要求をしてくるはずです」

はっきりとした声で冴美は言った。

「でも、営利目的の誘拐と同様、営利目的の監禁は非常に成功の難しい犯罪です。織田部長もおっしゃっていたように、まったくの素人と思えないあの犯人たちがそんな手段で金儲《かねもう》けをしようとするでしょうか」

納得できないのは織田と同じことだった。

「その点はわたしも引っ掛かっているのです。それに、仮にこちらが視聴覚教室への突入をあきらめるにしても、犯人たちはいったいあそこからどのように出るつもりなのでしょうか。また、この学校から無事に出たとしても、その先、どこへ逃げるつもりなのでしょうか。わたしには犯人一味の計画が見えてこないのです」

やはり冴美も同じ点が納得できないようだ。

「それはこれからの経過を観察するとして、メッセージを書いてみますね。PCをお借りできますか」

夏希は自分を鼓舞するようにはっきりした声で言った。

「このノートをどうぞ使ってください。織田部長のアドレスも出しておきました」

冴美は目の前のPCを、夏希のほうにずらした。

プレッシャーは大きかった。

今回、被害を受ける危険があるのは、年端もいかない子どもたちだ。
自分のメッセージが犯人を刺激して、子どもに暴力を振るわれたら……。
さらに、その子どもたちはここから数十メートル先の教室に閉じ込められているのだ。
だが、この仕事は自分以外の誰にも任せることはできなかった。
犯人との対話……それは神奈川県警における夏希の存在意義のひとつだった。
自分の生きる場所で存在意義を感じられる人間は強い。
そのことをバネに、夏希は厳しい対話を乗り切ってきた。
夏希は何度も何度も考えた。

——プロスキューターさん、はじめまして。わたしは神奈川県警の心理分析官《かもめ★百合》です。二〇人の子どもたちと泉沢先生の心と身体の健康と安全を強く願う者です。すぐに解放してほしいです。彼らを待ちわびています。そのためにわたしたち神奈川県警はなにをすればよいですか。あなたの要望を伺う用意があります。お返事をお待ちしています。

かもめ★百合

自分が書いたメッセージを何度も読み返した。

「冴美さんはこの文面をどう思いますか？」

「いいと思います。《かもめ★百合》が神奈川県警の窓口であることと、子どもたちと泉沢教諭の解放を強く望んでいること、返事を待っていることがきちんと伝わります」

にこやかに冴美は答えた。

「あえて三人の子どもとその祖父には触れませんでしたが……」

三人に触れることはかなりデリケートな会話を生むかもしれない。

身代金要求がプロスキューターの目的だとすれば、必ず三人の子どもや祖父に話題は進む。こちらから先に話を振って失敗しないほうがいい。

「必ずその話が出てきますよ」

軽い調子で冴美は答えた。

「ありがとう。では織田部長に送ります」

冴美に礼を言って、夏希は送信ボタンをクリックした。

三〇秒もしないうちにスマホが振動した。

「いいでしょう。これでプロスキューターがなんと言ってくるか……。とにかく、送ってみましょう」

織田は迷いのない調子で言った。

「では、送信します」

覚悟を決めて夏希は送信ボタンをクリックした。

「公用車上でも携帯の電波が入る限りは、返信があったらわかります。それまではのんびりしましょう」

言葉の上ではのんきなことを言って、織田は電話を切った。

五分待ち、一〇分待ったが、なにも起こらない。

犯人一味からの反応がないことに夏希はジリジリしてきた。

だが、待つしかないのだ。

【3】

夏希のスマホに着信があった。

凪沙からの電話だった。

「小林です。二台目のスクールバスが出発しました。これで五年生以外の全児童が安全圏に出ることができました」

大きく弾んだ凪沙の声が響いた。

夏希もほっと胸をなで下ろした。

一年から四年と、六年の児童についての警察の仕事は終わった。

保護者への引き渡しが済むまでは学校側の仕事だ。

「お疲れさま。小林さんは前線本部に戻りますよね？」

「はい、そのつもりです。大磯署の地域課員と生活安全課員の方々は児童がバスに乗るまでを警固していましたが、任務終了しました。署に戻っていいんですよね？」

凪沙は念を押した。

地域課と生活安全課員は織田の要請で児童の警固に当たっていた。

織田に確認したほうがいいと思って夏希は織田に電話を入れた。

「そうですね。前線本部はSISとそのサポートメンバー、対話を担当する真田さんのサポートメンバーだけで足りると思います。また、視聴覚教室の外部は機動隊員の一小隊をこのまま張りつかせます。大磯署員はとりあえず大磯署に戻って署長の指示を仰いでください。では」

やわらかい声で織田は言って電話を切った。

織田の指示を伝えてしばらくすると、凪沙が後ろの入口に姿を現した。

「生活安全部少年育成課の小林凪沙です」

明るい声が響くと、室内にいた人々は凪沙に注目した。

「小林さん、児童の下校、お疲れさまでした」

歩み寄って夏希はねぎらいの言葉を掛けた。

「真田さんの助手として来校したのですが……こんなことになってしまって」

ちょっと顔をしかめて凪沙は言った。

「はじめまして、特殊第一係第四班長の島津冴美です」

冴美は明るい声であいさつした。

「こんにちは、よろしくお願いします」

凪沙はきちんと室内の敬礼をした。

「こちらこそよろしく。一〇〇名の児童が下校できて、本当によかったです。お疲れさまでした。ＳＩＳも完全に視聴覚教室に集中できます」

にこやかに冴美は凪沙の仕事をねぎらった。

「ＳＩＳの方と一緒にお仕事するのは初めてなんです。わたし刑事部の経験ないんです」

いくらか凪沙は緊張して話している。

「島津さんにはずっとお世話になっているの……」

「わたしは真田さんに何回も助けて頂いているんです」

夏希と冴美はお互いに相手を持ち上げて笑った。

凪沙も笑ったが、なぜか急にまじめな顔に変わった。

「お二人に聞いて頂きたいことがあるんです」

「どうぞ話して」

夏希の言葉にうなずいて、凪沙は口を開いた。

「実は、さっき多目的ルームでこの学校の先生方から聞いた話なんですけど、先週何度か怪しいドローンが学校周辺を飛んでいたそうなんです。校地内の上空にも入ってきたので警察にも連絡して大磯署の地域課も駆けつけたそうですが、機体を操作していた不審者は発見できなかったということです」

凪沙は浮かない顔で言った。

「犯人が地形観察などを事前に行っていた可能性がありますね」

冴美は眉間《みけん》にしわを寄せた。

「先生がスマホで撮ったドローンの写真がありますので、真田さんのスマホに転送します」

歯切れのよい口調に戻って凪沙は言った。

メーラーを起《た》ち上げると灰色の機体を持つドローンの写真が見えた。

写真を見ると、免許のいらない超小型ということはなさそうだ。

「ありがとう。織田部長にドローンの件を報告します」

夏希は織田に電話を掛けた。

「真田です。先週数回、学校上空を飛行していたドローンがあったそうです。大磯署も来たそうですが、機体を操作していた人物は発見できなかったということです」

夏希は手短に説明した。

「犯人が学園内を空撮していた可能性がありますね。やはり念入りに計画された犯行だったのですね。この写真は刑事部本部に送って機体を特定してもらいましょう」

考え深げに織田は言った。

「よろしくお願いします」

「前線本部の皆さんにお伝えしたいことがあります」

織田はあらたまった声を出した。

「はい、なんでしょうか?」

夏希はけげんな声で訊《き》いた。

「到着が遅れそうです。東名高速下り線のEXPASA海老名《えびな》、つまり海老名サービスエリア付近で多重事故が発生しました。かなりひどい渋滞が発生しています。僕たちのクルマも渋滞に巻き込まれて、現在は停まってしまっています。このあたりは住所でいうと横浜市緑区十日市場《みどりくとおかいちば》です。ちょうど東名高速がJR横浜線と交差するあたりです。もう何分間もまったく動いていません」

織田は淡々と言ったが、これは大きな問題だ。

背後に走行音などが聞こえないのはそのためなのだろうか。公用車は多少は静かではあろうが……。

「困りましたね」

夏希は息をつくように言った。少しでも早く織田に大磯まで来てほしい。

「横浜から大磯となると、東名の厚木インターから小田原厚木道路で大磯インターというルートがいちばん早いですからね。まさか東名がこんなに混んでいるとは」

織田には珍しく嘆き声を上げた。

「でも、織田部長とは別のクルマで捜査一課の一部メンバーが先行しているのではないでしたっけ」

「実は佐竹《さたけ》さんに三名の捜査一課員と先行してもらっています。彼に前線本部をお任せするつもりなのです」

淡々と織田は言ったが、パッと夏希の心は明るくなった。

「佐竹さんなら安心です」

夏希は喜びの声を上げた。

佐竹義男《よしお》管理官は夏希が警察に入った頃から何度も同じ捜査本部で事件を解決してきた。

彼は冷静この上なく、感情的になる場面を見たことがない。それでいて心の奥底にやさしさとあたたかさを持っている大人の男だった。

「ですが……彼も大和《やまと》市内で動けなくなっているんです。結果として、僕たちも佐竹さんたちも現場到着はかなり遅くなりそうです。数十分か、下手をすると一時間以上も遅れるかもしれません」

織田の冴《さ》えない声が響いた。

「一時間以上も……」

さらに曇った声で夏希は織田の言葉をなぞった。

事件が事件だけに、犯人の態度によってはこちらの対応は大きく変わる。リアルタイムな指揮が必要だ。数分の遅れも許されない場合があるだろう。

「なにかあったらいつでも僕に連絡してください。ただ、高速道路はごくまれに人工的な遮蔽物《しゃへい》のせいで電波が不安定になる場所があります。万が一、そうした場所で僕のクルマが動けなくなる場合もないとは言えません。それに電話で指揮を仰いでいる暇がない場合もあるでしょう。そこで、前線本部の指揮を島津さんにとってもらおうと思います。彼女を前線本部長代理とします。なにかありましたら、島津さんの指揮に従ってください」

織田は張りのある声で言った。

「わかりました。島津さんなら間違いないです」

織田には見えないが、夏希は反射的にうなずいた。

「僕もそう思います。真田さんから捜査員たちに告げてもらえますか」

丁寧な調子で織田は言った。

「お安いご用です」

「島津さんと電話をかわってもらえますか」

「お待ちください」

夏希は冴美にスマホを渡した。

「お電話かわりました。え？　わたしがですか？　わかりました。謹んで拝命いたします。一刻も早く佐竹管理官が到着されることを望んでおります。はい、承知しました。織田部長も気をつけておいでください」

冴美はスマホを返してきた。

「さっきの真田さんのメッセージに犯人はだんまりですね」

織田が低い声で言った。

「はい、ジリジリしてきます。どうすればいいでしょうか」

夏希は正直な気持ちを口にした。

「とにかく返事を求めるメッセージを三〇分に一回は送ってください。待つしかありません」

落ち着いた口調で織田は言った。

「文面はどうすればいいですか」

「あまり気にしなくて真田さんの思った通りに送ればいいと思います。返事がほしいとそれだけの内容でいいでしょう」

「わかりました。あと少ししたらメッセージを送ります」

今度は簡単なメッセージでいいだろう。織田の手を煩わせるまでもない。

「お願いします。では、失礼します」

電話は切れた。

夏希はさっそく織田から命じられた通り冴美のことをSIS以外の捜査員に紹介しようと立ち上がった。

「皆さん、刑事部の真田です。織田刑事部長から命令がありました。前線本部長の佐竹義男管理官の到着が交通渋滞のために遅れております。当分の間、この前線本部の指揮は前線本部長代理の島津冴美警部補がお取りになります」

夏希が声を張ると、室内のすべての警察官が立ち上がった。

「刑事部特殊第一係第四班長の島津です。よろしくお願いします」

冴美はきちょうめんな感じで名乗った。

「大磯署刑事課の豊島《としま》です。いつでも指揮命令を下してください」

五〇歳くらいのグレーのスーツを着た恰幅《かっぷく》のいい男性捜査員が野太い声を出した。

「機動捜査隊小田原分駐所の相坂《あいさか》です。よろしくお願いします」

三〇代終わりくらいの背の高い男性捜査員が頭を下げた。

相坂は機動捜査隊の黒いナイロンジャンパーを着ている。

「視聴覚教室への犯人の侵入は一一時四〇分頃、人質となっているのは五年生児童が男子女子それぞれ一〇名のあわせて二〇名と担任の泉沢陽菜教諭です。犯人は男五名、女一名、女が拳銃《けんじゅう》、男のうち一名が猟銃らしきものを所持しています。このうち拳銃はすでに発射され、学校の塀にめり込んだ弾丸は大磯署の刑事課鑑識係によって収集され、9ミリパラベラム弾と判明しました。足跡も採取できました。また、乗り捨てたレンタカーも回収しましたが、現時点では犯人特定にはつながっていません」

冴美の言葉を、刑事たちは手帳を取り出して必死にメモを取っている。

「現時点では犯人に動きがありません。うちのほうで視聴覚準備室に設置したコンクリートマイクで、立てこもり現場である視聴覚教室の音をモニターしていますが、いまのところ大きな動きはないようです。それから、犯人は脅迫メールを刑事部あてに送りつけてきました。いま、この教室のモニターに出します。五代、お願い」

冴美が命じて五代がテレビのリモコンとPCを操作すると、前方の大型モニターテレビに、犯人からのメッセージが映し出された。

「なんだこりゃ」

豊島があきれたような声を出した。

「ご覧のように犯人はプロスキューター……つまり検察官を名乗っています。小寺政人、土橋春人、白井愛莉の三人の児童の祖父たちに鉄槌《てっつい》を下すと主張しています。過去の映像では児童たちは刃物を向けられたようですが、現在は教室内は静かです。このメッセージに対して、刑事部長命令で科学捜査研究所の心理分析官である真田警部補が返信して対応しています。ですが、犯人からの返答はいまのところありません。現在は内部のようすに注意しながら犯人からの反応を待つしかない状況です」

厳しい声で冴美は言った。

「突入は検討なさったんですか」

機捜の相坂が質問した。

「二〇名の児童が人質となっているために、突入には大きな危険が伴います。現時点では予定していません。刑事部長も現時点での突入は考えておられません。つらいですが、わたしたちは待機することしかできません」

あたたかみのある声で冴美は言った。

「わかりました。我々は待ちます」

豊島は笑顔で答えた。

「よろしくお願いします。犯人に関して入ってきた情報はここにいる全員で共有します」

頼もしく冴美は言った。

「はいっ」

ほかの捜査員はそれぞれに座った。

夏希も席に座ってPCの画面に向かい、キーボードを叩《たた》いた。


――プロスキューターさんのお返事を待っています。わたしはあなたの役に立ちたいと思っています。話したいことがありましたら、なんでもおっしゃってください。

かもめ★百合

こんな文面でいいだろう。これなら織田に訊《き》くまでもない。

「いいと思いますよ」

横の席から画面を覗《のぞ》き込んで冴美は明るい声を続けた。

「ごめんなさい。メッセージはわたしの管轄外だけど……」

冴美は頬をうっすらと染めた。

「本部長代理に許可を頂いたので送信します」

冗談めかして言って、夏希は送信ボタンをクリックした。

やはり緊張感は高まる。

冴美の応援はありがたかった。

だが、第二信を送っても、プロスキューターは返信をよこさなかった。

「なんにも言ってこない」

夏希は低い声でつぶやいた。

返信がない限り、夏希にはなにもできることがない。

「待ちましょう。そのうち必ず返信があります。答えるのが大変になりますよ」

確信しているような冴美の声だった。

もちろん理由などはないのだろう。立てこもり事件をいくつも解決した冴美の「直感」だろう。

「そうですよね。必ず返信がありますよね」

夏希も信じているような声を出した。

しかし、最近の夏希は「直感」あるいは「勘」を、生きてゆく上での非常に重要な存在だと考えている。

脳内で言語化できない最高に高度な思考の結果、生まれるものが「直感」だと考えるようになってきているのである。

そんなことを考えていたら、スマホが振動した。

「あれっ、なんで？」

夏希は間抜けな声を出してしまった。

なんと五島雅史《ごとうまさふみ》からの電話だ。

警察庁サイバー特捜部の五島警部補は、夏希がサイバー特捜隊に勤務していたときの同僚だった。いちばん仲がよい同僚だったかもしれない。

五島はITエンジニア出身で、夏希と同じ特別捜査官枠の採用である準キャリアだ。もっとも、彼は神奈川県警ではなく、警視庁のサイバー捜査官として採用されたのだった。

夏希が天才ホワイトハッカーとも思う五島は、大手企業の若手のサラリーマンという雰囲気を持っていた。

「真田さん、ご無沙汰《ぶさた》しています。寒くなりましたね」

耳もとで若々しい声が響いた。

「五島さん、久しぶり。本当ね。戸塚《とつか》の舞岡《まいおか》にはもうすぐ霜柱が立ちますよ」

夏希の声は陽気に響いた。さすがに霜柱は一月の下旬以降だろう。

「この前の事件のときは神奈川県警から発信元特定の依頼を受けたのに、うちが忙しくてぜんぜんお手伝いできなくて申し訳ありませんでした。織田部長にも真田さんにも申し訳なかったです。ごめんなさい」

恐縮したような声で五島は詫《わ》びた。

「合衆国の連邦捜査局と合同捜査だったんでしょ。FBIですよね。かっこいい」

夏希は妙に浮かれた声を出した。

「いや、やっていることはいつもと一緒ですよ。前に真田さんの隣の机でやっていたように、ただPCの前に座ってキーを叩いているだけです」

五島はふふふと笑った。

「そうなんですか……とにかく、神奈川県警には五島さんみたいな人はいないから……ちょっと大変なの」

言いにくいことをオブラートに包んで夏希は口にした。

正直言って、県警のサイバーセキュリティ対策本部には、五島のような天才ハッカーは在籍していないような気がする。

「そんなことないでしょ、神奈川県警のサイバーセキュリティ対策本部もどんどんIT技術者採用してますからね。そのうちスゴい仕事しますって……ところで、真田さん、いま大磯の《湘南ハルモニア学園小学校》にいるんですよね」

超多忙の五島が季節のあいさつのために電話をしてくるはずがない。

「そうです。本当は三時間目の特別授業を頼まれてただけなんだけど、とんでもない事件が起きちゃって」

夏希は言葉を濁した。

五島は事件をどこまで知っているのだろうか。

「織田部長から事件の概要は聞きました。本当に大変なところに居合わせちゃいましたね」

気の毒そうに五島は言った。

「運が悪いというか……巡り合わせね」

かつて佐竹に「事件を呼ぶ女」扱いされたことを夏希は思い出して言葉を継いだ。

「あの子どもたちを一刻も早く救い出さなきゃならない」

夏希は胸に込み上がる思いを、またも言葉にした。

「真田さん、頑張ってください。それで、織田部長からプロスキューターがメッセージ送信に使用している電波の発信元などを質問されたんですよ。で、ちょっと調べたらいちおうは判明したんです」

気負わずにさらっと言うあたりはさすがに五島だ。

「悪いですね、忙しいのに……で、どこが発信元だったんですか」

期待を込めて夏希は訊いた。

「大手キャリアＡＯ社の携帯電波でした」

淡々と五島は言った。

「え、ふつうのスマホってことですか？」

驚いて夏希は訊いた。

「そうです。しかも端末からの発信電波をキャッチしている基地局のアンテナは大磯町内にあるんです。つまり……」

「この学校内から発信している。おそらくは視聴覚教室から」

焦って夏希は五島の言葉をさえぎってしまった。

「その可能性は高いです」

五島は声を落とした。

「共犯者がどこか別の場所からメッセージを送ってきているのではなくて、視聴覚教室に立てこもった六人のうちの誰かが発信しているというわけですね」

これは重要な点だ。

少なくとも今回の犯行には外部でリアルタイムに協力している者がいない可能性が

高い。

　犯人は現在、視聴覚教室にいる六人しかいないのだ。

「しかも、大手キャリアの携帯端末だとすると、契約者の正体がすぐ判明する仕組みです。だから、今回も犯人が使っているのは一〇〇パーセント『飛ばし携帯』と考えていいと思います」

　冴《さ》えない声で五島は言った。

　飛ばし携帯とは他人や架空の名義で契約された違法な携帯電話のことである。さまざまな犯罪に用いられることから警察は厳しく取り締まっているが、現在でもひそかに入手できる闇市場が存在している。ただ、最近は入手が困難になっているらしい。

「わたしが関わったスマホを使った犯罪は、すべてが飛ばし携帯でしたね」

　過去を振り返って夏希は渋い声を出した。

「まったくの素人ならともかく、そうでない犯罪者は飛ばし携帯以外のスマホは使いません。結局発信元の捜査で犯人に辿《たど》り着くことは困難だと思います」

　五島の冴えない声は続く。

「そうですよね……」

　夏希も声を落とした。

「スマホについてはこれで終わりなんですが、犯人が使っているメールアドレスについても調べてみました」

いくらか元気な声で五島は言った。

「pro@prosecutor11.xyz というアドレスですね」

夏希はメールソフトを見ながら訊《き》いた。

「.xyz は二〇一四年から使用されているトップレベルドメインですが、.com のようにとくに意味はありません」

「.com ってどんな意味があるんですか」

「本来は商業用という意味を持つドメインなんです。一方、目的のない .xyz には怪しいサイトが集まりまくっています。で、この prosecutor11.xyz も非常にうさんくさいです。ちょっと調べたらやはり発信元を覆い隠す技術がいくつも使われています。こんなメールアドレスを犯人はどうやって手に入れたのでしょうか。クラッカー的技術を持っているのか。それとも、ダークウェブで購入したものなのでしょうか。いずれにしてもプロの犯罪集団が身近にいる人物という気がします。場合によっては犯罪集団のメンバーかもしれません」

五島は気難しげに言った。

「拳銃《けんじゅう》や猟銃を所持していることからも素人ではありませんね。織田部長は、組織犯罪対策本部にも捜査を命じました」

「暴力団かぁ……僕にはなんか違う気がするんですよ。やり方がまどろっこしい。その点については素人ですから自信がないですが……」

「わたしも違うと思います」

夏希は確信していた。これはヤクザのやり口ではない。

「とにかくメールアドレスからは発信元はたどれない可能性が高いです」

五島の声は冴えなかった。

「わかりました。まぁ、いつものことですね」

力なく夏希は答えた。

「今回は真田さんと織田部長のお役に立てると思っていたのに……。犯人がほかの通信手段を使わない限り、僕にお手伝いできることはこれで終わりだと思います」

力なく五島は言った。

「協力してくださってありがとうございます。また、別の事件でもお手伝いをお願いしますね」

気にしている五島に悪くて、夏希はやさしい声を出した。

「可能な限りお手伝いします」

五島はやはり人柄がいいと夏希は思った。

「あ、そうだ。ついでにひとつだけ教えてください」

ふと気づいたことを夏希は尋ねてみた。

「なんでしょうか」

五島はけげんな声で訊いた。

「いま織田部長が公用車で県警本部を出て大磯に向かっています。東名高速と小田原厚木道路を使って大磯インターからここに来ることになっています。ところが、いま東名は事故渋滞で動けなくなっているらしいんです」

夏希の言葉にかぶせるように五島が声を発した。

「あ、本当だ。多重事故の影響で、海老名サービスエリア付近を先頭に約一五キロの渋滞かぁ。こりゃあキツいですね」

嘆くような五島の声だった。

すぐにネットで調べてくれたらしい。

「でね、伺いたいことなんですが……高速道路で携帯電波がつながらない場所なんてあるんですか」

織田と話していたときからの素朴な疑問だった。昨今は神奈川県内で電波の届かない場所なんて存在しない気がする。ましてや織田は東名高速にいるのだ。

「ひとつは特定環境にいる場合ですね……たとえば、トンネルです」

あっさりした口調で五島は答えた。

「トンネル内でも高速ならスマホは使えますよね」

自分の経験から、夏希は固く信じていた。

「必ずしもそうとも言い切れないのです。本来、基地局の電波は長いトンネル内には届きません。だから、トンネルによって、また、トンネル内の場所によっては電波が非常に弱くなったり届かなくなっている場合があります」

丁寧に五島は説明した。

「本当ですか」

夏希から驚きの声が出た。

「そうですよ。しかしトンネル内で事故が起きた場合などにスマホが使えないのは困ります。そこで、政府は『電波遮へい対策事業』を進めることによって改善しようとしています」

「どんな風に改善するのですか」

「おもに二種類の工事を行っています。トンネル坑口《こうぐち》付近にアンテナを設置して基地局の電波を直接トンネル内に放射する方式がひとつです。もうひとつは受けた基地局の電波をトンネル内に敷設した光ファイバーケーブル伝送でトンネル内の子機アンテナで放射する方式です。県内だとたとえば、渋滞の名所だった大和トンネルなんかはどうなのかな……。いずれにしてもこうした設備を備えなければ、ある程度長さのあるトンネル内でのスマホの使用は不可能です」

五島ははっきりと言った。

「知りませんでした」

たしかにトンネルの奥まで携帯の電波が届くわけはない。鉄道のトンネルでも圏外になってしまうことは珍しくない。

「高速道路でないにしても、携帯の電波はごく狭い場所ではところどころにデッドスポットがあるのです。さらに、ときには電波障害が発生することもあるようです。いま調べてみたら今年の九月には東名高速の上り線、足柄《あしがら》スマートインターから大井松《おおいまつ》田《だ》インターの間で携帯電話がつながりにくい通信障害が起きていたようですね。いずれにしても高速道路ではつながらないこともある、くらいの感覚でいたほうがいいみたいです。街中とは違うと心得てください」

いくらか厳しい声で五島は言った。

「やっぱり、そうなんですね」

夏希は低くうなった。

冴美を前線本部長代理に指名した織田は賢明ということになる。

「それでは真田さん、頑張ってください」

明るい声で五島は励ました。

「ありがとうございました。また近くお会いしたいです」

夏希は礼を言って電話を切った。

前線本部内にざわめきが聞こえる。

「真田さん、犯人から次のメッセージが届きました」

緊張した冴美の声が響いた。

目の前のモニター画面を見た夏希は絶句した。

第三章　プロスキューターの要求

【1】

画面には次のまがまがしい文字が並んでいた。

――小寺政之、稲葉道康、白井治夫は在京キー局のテレビに出演して公の場に姿を晒《さら》せ。自分たちの企業が、地球上のどこでどのような罪悪を犯したかを明らかにせよ。《ミネガミ》、《プルトリア》、《日岳物産》の三社が世界で犯した大罪を告白せよ。さらには不幸をもたらした世界中の人々に謝罪せよ。以上のことが今夜五時台か七時台のニュース番組等で実行されなければ、午後八時には小寺政人、土橋春人、白井愛莉の三人の児童の生命は存在しない。しかも、児童たちは苦しんで死んでいくだろう。

三人の老人は孫の苦しむ姿を見たくはあるまい。

プロスキューター

犯人は新たなる要求を突きつけてきた。

しかも最初のふたつのメッセージに比べるとはるかに厳しい内容だ。

夏希のメールに対する返事はなかった。

このメールは最初から作っておいたものと思われた。

つまり、夏希が送ったメールがどうであれ、この内容は送られてきたはずだ。

現時点では、夏希とプロスキューターら犯人一味の間でコミュニケーションは成立していない。

そのことが夏希は悔しかった。

「具体的な要求がありましたね。しかも子どもたちを苦しませて殺すだなんて、なんてひどいことを」

冴美は悔しげに歯を鳴らした。

「ええ、許せません」

夏希の腹の底で怒りが渦巻いている。

この犯人たちはどうしても許すわけにはいかない。

祖父たちがなにをしていたかは知らない。だが、子どもたちにいったい何の罪があると言うのだ。

「視聴覚教室内の音に変化はありませんか」

夏希はモニターを続けている津川に声を掛けた。

「ほとんど音が聞こえません。すすり泣くような声も止まりました」

津川は静かな声で答えた。

「ありがとうございます。変化はないのですね」

言葉を出している間も、夏希の胸には怒りの炎が燃えていた。

「ひでぇな」

「なんてヤツだ」

室内にいるすべての捜査員が大型モニターテレビを見ている。

憤慨の言葉を漏らす者も何人かいた。

夏希は、いつまでもただ怒りに燃えているわけにはいかない。

この要求に対する返信をしなければならない。それが自分の仕事だ。

急いで夏希は織田に電話を入れた。

織田はすぐに電話に出た。

「とんでもないメッセージが出されましたね。視聴覚教室に大きな変化はありませんか」

「はい、静まりかえっているようです」

「それならばいいです。厳しい内容を突きつけてきましたね。それにしても、三人の児童を苦しませて殺すとは、なんという言い草でしょうか」

織田は吐き捨てるように言った。

「人間の考えることではありません」

夏希の声は大きく震えた。

「とりあえずは経済的利得の要求をしていません。つまり、営利目的ではないわけですが、意外感が強いですね」

織田は冷静な声を出した。

「私も意外に思っています」

「犯人一味は大変に厄介なことを要求しています。三人の祖父たち……小寺政之さん、稲葉道康さん、白井治夫さんが孫のために要求を呑《の》むかどうかも難しい。もし仮に犯人の主張が正しかったとして、そこに各企業の『罪悪』があったとします。そうだとしても謝罪などをすれば、現在の各企業が受けるダメージは計り知れない。各企業の数千人、数万人の従業員にとっても大きなマイナスとなります。《ミネガミ》、《プルトリア》、《日岳物産》が、三人がこの要求を呑むことを認めるはずはありません。部下や同僚、あるいは企業自体に感謝の念を持っていることもあるはずです。祖父たちは簡単には要求には応《こた》えられない。しかし、家庭内ではどうでしょう？　どう考えてもなによりも優先すべきは孫たちの生命、身体の安全です。三人の子どもの両親などは絶対に祖父に犯人の要求を呑めと迫るはずです。簡単にはうなずけない祖父との間にどの家庭でも軋轢《あつれき》が生ずるはずです。人間の感情をかき乱すような要求です」

気難しげな織田の声が響いた。

その通りだ。犯人の要求はあまりにも人間の感情を無視している。犯人が、どんなときに人が苦しむかをよく知っているとすれば、まるで悪魔のようでさえある。ただ……。

「わかります。でも、一歩離れて考えれば、犯人の要求は実現がきわめて困難だと思います。彼らが本気でこの要求をかなえたいと考えているのかについては疑問もあります」

夏希は犯人の要求に疑いを持っていた。

「そこなんですよ。今回の要求が本気かどうかも疑わしいです」

打てば響くように織田は答えた。

「ところで、このメッセージは警察以外には届いているのでしょうか」

夏希はさっきから訊《き》きたかったことを尋ねた。

「現在、県警本部にいる捜査一課の捜査員が《ミネガミ》、《プルトリア》、《日岳物産》と小寺政之、稲葉道康、白井治夫に問い合わせています。最初のメッセージについては問い合わせた誰もが知らぬ存ぜぬと答えています。このメッセージについても問い合わせ始めました。また、犯人は、マスメディア等へはメッセージを送りつけていないと思います。県警本部に対して今回の事件に関する問い合わせはありません。誘拐犯等犯人は犯行事実を家族等にしか知らせないのがふつうです。事実が世間に広まれば、失敗する確率が上がるからです。従って我々も秘密捜査を続けます。マスメディアへも現在は情報を提供する予定はありません」

きっぱりと織田は言いきった。

「秘密捜査が継続できることを祈っています」

夏希は言葉に力を込めた。

マスメディアに情報が流れて、無関係な第三者が騒ぎ出すことは怖い。過去にも、立てこもり事件の際にSNSで知った野次馬が現場を取り巻いた事実があった。たとえばこの《湘南ハルモニア学園小学校》に、野次馬が駆けつけるおそれはある。とは言え、五年生の子どもたちの保護者は、学校側から事実を知らされている。世間に絶対漏れないという保証はない。

「いずれにしても、現段階では犯行をやめろという呼びかけを行うしかないですね。メッセージの作成をお願いします」

織田は静かな声で言った。

「わかりました。すぐにメッセージを作りますので、チェックしてください」

スマホを持ったまま夏希はうなずいた。

「電話を切らずに、このまま待っています」

織田の言葉に、夏希はPCに向かってキーを叩《たた》き始めた。

――プロスキューターさん、かもめ★百合です。あなたの要望は伺いました。三人のお子さんに危害を加えないでください。お祖父《じい》さんたちの負うべき責任はわたしにはわかりません。ですが、お孫さんたち、小寺政人さん、土橋春人さん、白井愛莉さんにはなんの罪もありません。もう一度言います。絶対に子どもたちに危害を加えないでください。そのために、なにかわたしたちにできることがあれば教えてください。

かもめ★百合

「これでいいでしょう。子どもへ危害を加えるなという言葉は何度でも言っていかなければならないです。何より大事なものは子どもたちの安全です。このまま送信してください」

織田ははっきりとした口調でオーケーを出した。

「わかりました。送信します」

夏希は送信ボタンをクリックした。

「そうは言っても、我々としても、孫の児童たちのために犯人の要求に応えろということを、祖父たちに言えるわけではありません」

あいまいな声で織田は言った。

「犯人の要求は実に困難ですね。誰だって選択肢のどちらも選ぶことはできません。それに犯人の要求が企業とその元トップの謝罪にあるのですから……ターゲットは国家などではありません。いままでわたしが携わったことのないタイプの事件です」

「価値的には、企業そのものが捕らえられているのと同視できる部分もありますね。

今回の犯行は、国家権力ではなく民間の社会内権力に対するテロ行為と言えると思います。しかし、こうした民間機関に対するテロ行為は、現在の警察のあり方ではじゅうぶんに防御する能力がありません」

「おっしゃっていることは難しいですが、理解できるような気がします」

夏希はあいまいな声を出した。

「まぁ事件の性質なんかより、とにかく解決することです。では、電話を切ります。もし犯人からの返信、またはなにかの動きがあったら、すぐに連絡を取り合いましょう」

「はい、すぐに連絡します」

「頑張りましょう。犯人からのメッセージはさらに続くと考えています。ところで、相変わらずクルマはほとんど動いていません。大磯に到着できる時間はいまはわかりません」

最後に織田は冴《さ》えない声を出した。

「気をつけてお越しください」

夏希が言うと、織田は電話を切った。

「真田さん、こんなので済みませんけど、昼食です」

五代がコロッケパンと焼きそばパン、缶コーヒーを持ってきた。

「どうしたんです？　これは」

夏希は首を傾げた。

「こちらへ来る前に相模原市内のコンビニで買ってきたんです。少しだけ余裕がありますんで召し上がってください」

五代は笑顔で言った。

夏希が受けとった焼きそばパンの袋を開けようとしたときだった。

「真田さん、犯人から新しいメールが届きました」

緊張した冴美の声が響いた。

いままでよりもこわばった声だった。


――うるさい女だな、三人の子どもたちに罪があるかだと？　あるさ、子どもたちは三悪人の孫としてこの世に生を受けたこと自体が原罪だ。おまえら警察は小寺政之、稲葉道康、白井治夫の罪悪や、《ミネガミ》、《プルトリア》、《日岳物産》が世界に及ぼしてきた不幸を擁護するつもりか。かもめ★百合とやら、どういうつもりか返事をしろ。

初めて夏希の言葉に対して反応があった。
しかも夏希に返答を求めている。つまりコミュニケーションのきっかけが与えられた。
だが、荒っぽいその文体は、決して喜べるものではなかった。
「こりゃあ……ひどいな」
大磯署刑事課の豊島は苦い顔で言った。
室内にはざわめきがひろがった。
とにかく返答をしなければならない。
夏希は織田に電話を入れた。
通じない。電源が入っていないか圏外のメッセージが返ってくるばかりだ。
しばらく待っても電話はつながらなかった。
とうとう電波が届かない場所に入ってしまったのだろうか。
「織田部長に電話が通じません」
夏希は冴美に声を掛けた。

「電波の届かないデッドスポットに入っちゃいましたかね」

冴美は眉根《まゆね》を寄せた。

「その可能性が高いですね」

夏希は浮かない声で言った。

「五代、織田刑事部長の携帯に電話を掛け続けなさい。番号はこの端末には記録されています。つながったらすぐに知らせること」

冴美は一台のスマホを差し出した。

「えー、僕がですか」

五代は尻込《しりご》みした。

彼は巡査長だ。刑事部長の織田とは会話した経験もないだろう。

夏希も冴美も直接に電話できるが、警部補がふつうに話せる相手ではないのだ。

これは織田が特別だと考えてよい。

「部長が電話に出たら、わたしが話します」

夏希がやわらかい声で言うと、五代は頭を下げて冴美から渡されたスマホを手に取った。

「ところで、島津さん、この犯人からのメッセージには迅速に返答すべきだと思いますが、織田部長にチェックしてもらうことができません。島津さん、わたしが作ったメッセージを見て頂けますか」

夏希は冴美の顔を見て頼んだ。

「はい、見ます」

冴美は迷わずに答えた。

「助かります」

夏希は頭を下げた。

「そもそも真田さんのメッセージは、いつも一文字も修正する必要はないのですから」

口もとに笑みを浮かべて冴美は答えた。

「では、とりあえず書いてみます」

夏希はPCに向かった。

――プロスキューターさん、お返事ありがとうございます。警察は三人の方の過去の行動を知りません。また、三企業が世界に及ぼした影響についても知らないのです。これは三人や三企業が、いままで捜査されたことがない事実を示しています。ですから、警察にはとくに擁護する意思はありません。わたしたちが心配しているのは児童だけです。子どもたちを解放するために、わたしたちにできることがあれば教えてください。

かもめ★百合

「そのまま送信してもいいと思います。大変によいメッセージです」

冴美はにこやかに答えた。

「ありがとう。では、送信します」

緊張しつつも夏希は送信ボタンをクリックした。

数分で着信を示すアラートが鳴った。


――おまえら警察はなにもわかっていない。だが、警察が気が楽になる方法を教えてやろう。三人の子どもたちを救う方法だ。小寺政之、稲葉道康、白井治夫の三悪人が自分の罪を償うために、自分たちが苦しめた開発途上国の人々に寄付をするのだ。正義のために我々が途上国の人々に配ってやる。そしたら、三悪人がテレビで謝罪することは見逃してやろう。どのような寄付かを知りたいなら教えてやるが、聞きたいか？

プロスキューター

「やはり、金をよこせと言ってきましたね」

冴美が吐き捨てるように言った。

「結局は営利が目的の監禁だったのですね」

夏希はあきれ声を出した。犯人一味の目的は結局は経済的利得しかないものに違いない。

「そういうことでしょう。とりあえず返事を書きます」

夏希はささっとキーを叩《たた》いた。


——プロスキューターさん、ぜひ寄付の方法を教えてください。わたしは三企業を通じて三人に伝えます。

かもめ★百合

「こんな感じでどうでしょうか？」

夏希は冴美の顔を見た。

「いちいち聞かなくても大丈夫ですよ。テキストによる対話は、やはり真田さんの専門です。わたしが許可を出すようなかたちはおかしいです。万が一、問題があったら言います」

口もとに笑みを残しながらも、いくらか強い調子で冴美は言った。

「わかりました。問題があったら、すぐに言ってください」

「了解です」

冴美の言葉をきっかけに、夏希は送信ボタンをクリックした。

五分ほどすると、返信があった。

――子ども一人について一〇キロの金地金《きんじがね》（インゴット）を身代金として支払え。貴金属ブランド刻印か造幣局ホールマークの入った物を用意しろ。こちらへの持参方法、我々への受け渡しについては後刻指示する。とりあえず三悪人が孫のためにその一〇キロの金を用意できるかどうかを午後八時までに返答せよ。返答がない場合はこの話はゼロに戻す。

プロスキューター

まわりで何人かの捜査員がうなる声が低く響いた。

「子ども一人につき金一〇キロの身代金ですか。たいした正義ですよね」

画面に目を置いたまま、夏希は皮肉っぽい声で言った。

「いま一グラム一五〇〇〇円くらいですから、一〇キロとなると約一億五〇〇〇万円ですね。三人分で四億五〇〇〇万円という計算になりますね。まったくたいした正義です」

冴美も夏希に負けないような皮肉っぽい声を出した。

「織田部長はすぐには電話に出られないようですが、犯人の要求を三企業に迅速に伝えたいですよね。期限を八時と決めていますので」

夏希はいくぶん焦《じ》れた声を出した。

「そうですね」

冴美は電話を掛け続けている五代に目顔で訊《き》いた。

ヘッドセットをつけたままの五代は、ちいさく首を横に振った。

「電話はつながらないようですけれど大丈夫です。犯人とのやりとりを最初に受信しているのは県警本部刑事課です。それが、わたしたちのところと織田部長の公用車にリアルタイムに転送されているわけです。公用車が電波が取れないことがわかれば、この会話のデータのやりとりを管理している捜査一課の捜査員が三企業の担当者に連絡を取っているはずです。織田部長との通話が回復しなくとも、このメールの内容は時を経ずして《ミネガミ》、《プルトリア》、《日岳物産》の担当者を通じて小寺さんたちには伝わります」

冴美は自信のある口調で言い切った。

「ではわたしが心配しなくても大丈夫ですね」

夏希は安堵《あんど》の声を出した。

「はい、ご心配はいりません。いちおう、わたしから捜一の捜査員にメールしておきます」

冴美は頼もしく請け合った。

「では、今のメッセージに返答します」

夏希はふたたびPCに向かった。

——寄付の方法は直ちに三企業の担当者を通じて小寺政之さん、稲葉道康さん、白井治夫さんに伝えます。あなたからのご要望に三人が応《こた》えるかはわたしにはわかりません。繰り返しになりますが、わたしたちは子どもたちの一刻も早い解放を待ち望んでいます。どうかよろしくお願いします。

かもめ★百合

夏希がメッセージを送ると、待っていたように返信があった。

——寄付というかたちでの罪滅ぼしが早く決まることを祈っている。今回の計画が無事に成功した場合にも、三悪党と三悪徳企業の罪状はマスコミ発表する予定だ。ただ、現時点ではすべてを伏せておく。野次馬がうるさいからだ。この沈黙は我々と警察、そして悪人たちの三者の利益をともに実現する。とにかく、タイムリミットが八時であることを忘れるな。

プロスキューター

とりあえずこのメールで犯人は要求することはないようだ。

「すべてが終わったら、やはり小寺さんたちの『罪悪』とやらを公表するつもりのようですね。このことは三企業にとっては大きな抵抗感があるでしょうね」

夏希は三企業や小寺たちがどのような行動に出るか予想がつかなかった。

「犯人たちの主張している小寺さんたちの『罪悪』や三企業の作った不幸というものがどの程度のものなのでしょうか」

難しい顔で冴美は言った。

「ところで、三〇キロの金地金をどうやって受け取り、どこへ運ぶつもりなんでしょうね」

現実にそんなことができるのだろうか。夏希には犯人たちの考えが理解できなかった。

「わたしもそう思います。彼らが三〇キロの金をこの学校から持ち出せるとは思っていません」

冴美は眉根《まゆね》を寄せた。

現状を確認するために、夏希は前線本部のなかを見まわした。

津川が黙っているところをみると、視聴覚教室内に問題は起きていないようだ。

五年生の二〇名の子どもたちは、疲れて眠ってしまっているのかもしれない。

五代は織田の電話がつながったと報告してこない。

ほかの捜査員は手持ち無沙汰《ぶさた》に椅子に座って、待機を続けている。

いまは急ぐべき行動はない。織田の電波状況が復活するのを待てばよい。

【2】

夏希が思ったそのときである。

「失礼します」

教室後ろの引戸をノックする音と同時に男性の声が響いた。

夏希は席を立って引戸に歩み寄って静かに開けた。

そこに主幹教諭上原の痩《や》せて小柄な姿があった。

顔色が真っ青だ。何ごとが起きたのだろう。

「上原先生、どうなさったんですか」

驚いて夏希は訊いた。

「五年生の保護者の一部が押しかけて来たんです。子どもたちを取り返してくれって騒いでいるんです」

眉を八の字にして上原は弱り顔を見せた。

「ですが、表門には多数の機動隊員を配置しているはずです」

不思議に思って夏希は訊いた。

機動隊員は保護者の前に立ちふさがるに違いない。

「それが……裏門から入ってきたようなのです」

冴えない声で上原は答えた。

「裏門にも警察官はいるはずですが……」

全校児童の保護者は入ってこられない裏門とは言え、数名は入校できるかもしれない。

しかし、詳しくは聞いていないが、少なくとも二人くらいの警察官は配置しているだろう。

「保護者たちはおまわりさんに止められたようですが、教頭先生が入校を許可したそうです」

さらに弱ったような声で上原は言った。

川勝教頭は保護者に責め立てられたのかもしれない。

「なるほど、そう言うことでしたか」

夏希はうなずいた。自分が保護者たちに会わねばなるまい。

「学校と警察はなにしてるんだって、怒鳴っている親が六人ばかりおりまして」

情けない上原の声が響いた。

「立てこもり事件などの被害者家族は、藁《わら》をも摑《つか》むような思いで我々に頼ってきます。我々の指示には従います。おとなしく被害者の救出を待っているのがふつうですが」

冴美は低くうなった。

「うちの保護者は経済的にも豊かで社会的地位も高い方がほとんどです。学校に対してもきちんと意見を言う方ばかりなのです」

上原は目を瞬《しばた》いた。

「学校は保護者の文句に日常的に困っていたのですか」

夏希は上原の顔を見ながら訊いた。

「いえ、学校側は保護者の意見に助けられていることも多いのです。大磯駅でスクールバスの駐車場所をより安全なよりよい場所に変更したり、運動会の練習日程を児童の肉体的疲労を軽減できるように見直したりと、建設的なご意見を頂いております。本校の保護者には、決してモンスターペアレント的な要素はありません」

あわてたように上原は首を横に振った。

少なくとも日頃は学校側を困らせるような保護者たちではないようだ。

だが、自分の子どもたちの心身が危険な状態が数時間も続いているのだ。

保護者の気持ちはよくわかる。

とは言え、学校や警察に文句を言ったところで状態が好転するわけではない。

「親御さんたちはどこにいるんですか」

夏希はあらためて訊いた。

「ここに来るって言うのを押しとどめて、いま、二教室ほど向こうの音楽室におります」

上原は視聴覚教室と反対の方向を指さした。

「わかりました。わたしが行って保護者に説明してきます」

夏希はきっぱりと言った。

「助かります。わたしじゃどうしていいかがわからなくて」

ホッとしたように上原は言った。

「わたしも行きましょう」

冴美は頼もしい声で言った。

「でも、島津さんはここを束ねる仕事がありますから」

夏希はちいさく首を横に振った。

「この問題は前線本部長が応《こた》えるべき内容だと思います。本部長は到着していないのですから、代理のわたしが行きます。ここはいまは問題が起きていません。しばらくの間、緊急事態の対応は小出《こいで》に任せます」

同じ年頃の小出に冴美は役割を振った。

「隊長、おまかせください。緊急事態には五代を音楽室まで走らせます」

四角い顔の小出がすぐに応じた。

「では、先生、ご案内頂けますか」

冴美は上原に向かってにこやかに頼んだ。

声に力が戻った上原が先に立って歩き始めた。

「はい、こちらです」

夏希と冴美は後に続いた。

ガランとした白い壁の廊下を歩くと、すぐに音楽室の標示が見えてきた。

廊下側には窓はない。

上原は防音らしいドアをゆっくりと開いた。

音楽室は視聴覚教室と似た材質で作られた半分ほどの大きさの部屋だった。

同じように二重窓となっていて、貫通孔加工の吸音壁材が室内を取り囲んでいる。

夏希のこども時代とは違って、バッハやベートーヴェンの肖像画は掲示されていなかった。

　コンサートピアノよりはずっと小さいグランドピアノが窓側の前方隅に置いてあった。

　その横の教室前方の壁面にはホワイトボードが埋め込まれている。

　その近くの児童の椅子に六人の男女が座っていた。

　四人が男性、二人が女性で三〇代後半くらいで夏希や冴美とあまり変わらない年頃の人が多い。一人だけ五〇歳前後のカーディガン姿の男性が交じっていた。スーツ姿の人とセーターなどラフな恰好《かっこう》の人とが混在していた。

　六人は二人の警察官を見ていっせいに口をつぐんだ。

　上原に従《つ》いて夏希と冴美はホワイトボードの前に立った。

「警察の方をご案内しました」

　夏希たちを紹介すると、上原は逃げるように教室後方に下がった。

「神奈川県警特殊犯捜査第一係第四班長の島津と申します」

　背筋を伸ばして冴美は名乗った。

　保護者たちは無意識のように頭を下げた。

　ＳＩＳの活動服と防護ベストは威圧感を与える。

「県警科学捜査研究所心理分析官の真田です」

ふだんの調子で夏希は名乗った。

チャコールグレーのスーツ姿の髪の短い男性が立ち上がって夏希たちを見た。

「五年生の松尾《まつお》信也《しんや》の父親です。わたしは第二東京弁護士会所属の弁護士です。あなた方の階級は？」

痩せてカマキリのような雰囲気の松尾弁護士は鋭い目つきで訊《き》いた。

襟には弁護士バッジが光っている。まだ若いのでバッジのメッキは剝《は》げておらず金色に輝いている。

いきなり人を見下すような態度にはカチンとくるが、こんな場合だから仕方がない。

捕らえられているあの子たちのことを考えれば、両親のつらさはいかばかりとも思う。

また、弁護士からすれば警察官などその程度の存在なのだろう。

しかし、弁護士がいるとなればきちんと説明をすることには大きな意味がある。

「わたしも真田も警部補です」

冴美はやわらかい声で答えた。

「係長級ですか……」

松尾弁護士は冴美の目を見て確かめるように訊いた。

「はい、そうです。わたしたちはいち早く駆けつけました。上司は横浜からですので、少し遅れます」

冴美はさらっと言い訳を言った。

「ここにお集まりの皆さんはそれ相応の社会的立場の方だが、いちおう質問は職業柄慣れているわたしが中心に行います」

ピリピリした調子で松尾弁護士は言った。

「承知しました。お話をお伺いします」

きりっとした声で冴美は答えた。

「最初に伺いたい。県警はなぜ早く泉沢先生と五年生の二〇名を救い出さないのか。あんたらは専門家だし、武器も持っているのだろう」

松尾弁護士はきつい口調で訊いた。

「これからお話しする情報は外部には絶対に漏らさないでください。事件に関する情報が漏れて野次馬が騒げば、子どもさんたちが危険にさらされるおそれがあります」

重々しい調子で冴美は言った。

「ああ、約束しよう。わたしたちはここで聞いた話は、決して家族以外に話すことはしない」

厳しい顔で松尾弁護士も答えた。

ほかの五人は一様にうなずいた。

「犯人は六名。二丁の銃器と四本のナイフで武装しています。人質が五年生のお子さんであることを考えると、強硬手段を用いて我々特殊班員が室内に入るのは危険な状態です」

冴美の声が音楽室内に響いた。

「たとえば突入というような手段は取れないということですか」

念を押すように松尾弁護士が訊いた。

「そうです。我々が全犯人を捕捉《ほそく》するまでの間、犯人が自分の脱出などを考えず、あえて子どもを傷つけようとしたら、二〇人を守り切ることはできません」

冷静な口調で冴美は告げた。

「では、突入の人数を増やしたらどうですか」

松尾弁護士は食い下がったが、冴美は首を横に振った。

「どんなに人数を増やしても、視聴覚教室には一度に四名しか入れません。あの教室には開口部が東西南北四箇所のドアしかありません。扉は幅七〇〇ミリ、高さ一九〇〇ミリ程度のふつうのドアですから、一度に入室できるのは一名です。つまり四箇所で四名となります。この人数では短時間で制圧したとしても、すべての子どもを守るのは不可能です」

冴美の静かな声が続いた。

「ではどうすればいいんだっ」

ネイビーブルーのセーターを着た男親が叫ぶように言った。

「わたしたち特殊班は犯人が疲れて集中力が落ちるときを待っています。一方で真田分析官は人質を解放するように犯人に呼びかけ続けています」

平らかな声で冴美は言った。

「手ぬるいですよ。そんなことしかできないんですか」

セーターの男親は顔をしかめた。

「チャンスは必ずやってくると、わたしたちは信じています。高感度マイクで室内の音声をモニターしながら、チャンスが訪れたら迅速に行動します」

自信のあふれた声で冴美は保護者たちを説得した。

「もし待ってる間に、うちの息子になにかあったらどう責任取るつもりなんです」

淡いグリーン系のスーツで身を固めた女親が声を震わせた。

「皆さんの気持ちはわかる。わたしだって息子が心配で叫び出したい。だけどね、悪いのは犯人であって島津さんじゃない。島津さんたちは子どもたちを救い出してくださろうとしているプロなんだ。そんなことは誰だってわかることだろう」

グレーのカーディガンを着たいくぶん歳上の男親が落ち着いた声を出した。

「末永百合亜《すえながゆりあ》の母親です。うちの夫は小田原市内で開業医をしております。うちの娘は白井愛莉ちゃんと大の仲よしで、わたしも白井さんのお母さまとは親しくしております。ここに見えていませんが、白井さんのお母さまが一時間ほど前に奇妙な電話をくださったのです」

末永という女親は声を響かせた。

「なんだい、奇妙な電話っていうのは」

カーディガンの男性がけげんな声を出した。

「実は犯人一味は白井さんのお祖父さまがかつて会長をなさっていた会社に恨みがあるそうなんです。白井さんはおっしゃっていました、『愛莉と何の関係もないのに逆恨みで被害に遭っている』って……その会社は《日岳物産》という商社だそうですね。《日岳物産》が過去に開発途上国で犯した罪悪のせいで不幸になった人がいるとのことだそうです。その恨みを晴らすために今回の立てこもりを起こしたと言うんです。

お祖父《じい》さんは《日岳物産》のトップだったかもしれないけど、愛莉ちゃんのお父さまは都市銀行にお勤めです。関係ないってお母さまは泣いてました。だけどね。言いたいことは、うちの百合亜はそれこそ関係ないってことです」

末永はきつい顔つきで口を尖《とが》らせた。

思わず夏希は声を上げそうになった。

なんでこんな情報が別の保護者に漏れているのだ。

白井愛莉の母親は不安のあまり末永に話したのだろうが、《日岳物産》の担当者はしっかり口止めをしなかったのだろうか。

愛莉の母親にとっては、自分の立場が悪くなる話でもある。

だからだろうか。この場には顔を出していない。

「なんだって！　わたしはそんなことは聞いてないぞ」

カーディガンの男性が腹立ちの声を上げた。

「なんでうちの治泰《はるやす》が人質になってなきゃいけないんだ」

ほかの男親も声を荒立てた。

「うちの子が巻き込まれただけだなんて、許せないっ」

憤慨して足を踏みならす親もいる。

「なんとかしろ。お願いだからなんとかしてくれ」

悲痛な嘆き声を上げる親もいた。

「わたしもいまの話は初めて聞きました。末永さん、確認ですけど、犯人一味は《日岳物産》と、そのトップだった白井さんのお祖父さんへの恨みから今回の立てこもり事件を起こしたということなんですね」

松尾弁護士は末永の顔を見ながら、しっかりと確認した。

「はい、《日岳物産》総務課の人がそう言ったそうです。うちの子はなんの関係もなくて、ただ、巻き込まれただけなんです。総務課の人の話じゃ、ほかにもふたつの会社の関係で、そのご家庭の五年生の二人の子どもが原因となっているらしいですよ」

不服を顔に出しながら末永は言った。

《日岳物産》の総務課は、なんでそんな余計なことを白井家に伝えたのだろうか。いや、この件については《日岳物産》に、ほかの二人の児童の話をした捜査一課にも落ち度がある。

「そうなんですか。それじゃ、わたしの息子を含めて一七人の五年生のお子さんと泉沢先生はみんな巻き添えだということですね。犯人は三人の子どもだけを人質に取っていればいいわけだ。なんという馬鹿げた話だ」

松尾弁護士は歯噛《はが》みした。

「うちは歯医者ですよ。独立自営だ。企業責任なんてなんの話だ」

「僕は建築士です。同じことですよ。そんな企業の責任とは無関係だ。うちの真菜《まな》を返してくれ」

「冗談じゃないわよ。そんな老人の孫とただクラスが同じってだけでひどい目に遭わされて」

保護者たちは口々に非難の言葉を発した。

犯人というよりも三人の子どもの保護者に対する非難の気持ちが強いようにも聞こえた。

「島津さん、警察はほかの二人の児童が誰なのかを知っているんですか」

カーディガンの男性がしっかりした声で訊《き》いた。

「はい、それは把握しております」

冴美は正直に答えた。

真実でないことは口にしないほうがいい。たとえ、便宜であっても。

「いったい誰なんですか」

畳みかけるように男性は訊いた。

「申し訳ありませんが、申しあげるわけにはいきません」

冴美は強い口調で拒んだ。

わずかの時間、沈黙が漂った。

「あらためて当職から申し入れる。犯人が狙っている三人の子ども以外を解放するように犯人の説得をするように頼みます」

松尾弁護士が弁護士らしい口調で申し入れを行った。

「犯人が承諾する保証はありません」

冴美が難しい顔で答えた。

「いや、犯人が承諾するかどうかは別の話だ。まずはその話を訴えてほしい。さっきの話じゃ犯人と連絡は取れているんでしょう。そちらの真田さんが、人質を解放するように犯人に呼びかけ続けているという話だった」

松尾弁護士は夏希の顔を見ながら言った。

「なんとかメールだけでやりとりはできています」

夏希は冴《さ》えない声で答えた。

「それならば、あなたが犯人たちに、三人の子ども以外の解放を呼びかけてください」

まるで夏希が自分の部下であるかのように、松尾弁護士は指示した。

「警察としては児童全員の解放を呼びかけ続けます」

夏希は本来のあり方を崩せないと思って答えた。

「真田さんが呼びかけないというのなら、わたしが知り合いの衆議院議員を通じて神奈川県警本部長を動かしてもらいますよ」

松尾弁護士はかさに懸かって言ってきた。

夏希はカチンときた。

だが、感情に囚《とら》われている場合ではない。三人の子どもには気の毒だが、一七人の子どもが解放されるなら試してみる価値はあるかと思い直した。

今後の突入などのためにも人質は少ないほうがいい。

「わかりました。わたしが交渉してきます」

声を高めて夏希は言った。

「そうですか。ぜひお願いします」

表情をゆるめて松尾弁護士は頼んだ。

ほかの親たちもそれぞれに無言で頭を下げた。

「通信環境は前線本部としてお借りしているコンピュータ教室に用意してあります。島津さん、いったん戻りましょう」

夏希は冴美にさらっと呼びかけた。

「では皆さん、失礼します。しばらくここでお待ちになっていてください」

冴美は保護者に向かって声を張った。

【3】

夏希と冴美はそろって廊下へ出てコンピュータ教室に向かった。

「なにか、勝算はあるんですか?」

冴美がちいさな声で訊いた。

「勝算があるかどうかはわかりません。ですが、試してみたいことはあります」

それだけ答えて夏希は早足で進んだ。

「どう? なにかありましたか」

コンピュータ教室に戻った冴美は、小出に向かって訊いた。

「とくに異状はありません。津川のほうの視聴覚教室の音声も静かですし、残念ながら織田部長の電話もつながりません」

小出が渋い顔で答えた。

「さっそく取りかからなきゃ。ね、三人以外を解放してって要望はマズいかな？　本当なら織田部長のオーケーをもらいたかったんですけどね」

あきらめ顔で夏希は言った。

しかし、いくらなんでも織田の電波状況はそろそろ回復するだろう。

「あくまで内部のことだし、ＳＩＳが突入しやすくするための方便とすれば言い訳は立ちますよ。大丈夫、犯人に我々の要望を突きつけてみましょう」

元気よく冴美は答えた。

――プロスキューターさん、お願いがあります。小寺政人さん、土橋春人さん、白井愛莉さんの三人のお子さん以外の子どもさんを解放して頂けないでしょうか。

かもめ★百合

返信はなかった。今回のメッセージは相手が動くまで同じ趣旨のメールを繰り返して送るつもりだった。

――お願いです。三人の子どもさん以外の子どもたちの保護者が押しかけて騒ぎ立ております。国家中枢と関係のある保護者さんが神奈川県警より上のレベルで圧力を掛けるという主旨のことを言っています。三人以外の子どもを解放してください。混乱が収まるはずです。どうか、わたしの言葉に耳を傾けてください。このままではわたしたちの想定を超えた動きが警察内部に生まれるおそれがあります。

かもめ★百合

――抑えられないのか。

ひと言だけだが、返信があった。

夏希の心は明るくなった。交渉が先に進める。

プロスキューターの差出人名が書いていない。あわてて返信しているのだろう。夏希も差出人名は省略することにした。

――抑えるのは難しいです。保護者たちは大変に感情的になっています。ある保護者が三企業のうち一社の担当者の言葉を間接的に漏れ聞き、三人以外の児童は単に巻き込まれただけだと主張したのです。結果として保護者は強硬になっています。

――その企業担当者は口が軽いヤツだな。

――まったくです。わたしも困っております。

犯人と意見が一致することは珍しい。夏希は一瞬笑いそうになった。

――では、かもめ★百合。おまえと一七人の児童を交換する。そうすれば、騒ぎは収まるのだろうな。

――もちろん、最初からそのつもりです。わたしと交換してください。騒ぎは間違いなく収まります。三人の子どもの保護者は学校に来ておらず何の連絡もしてきません。騒いでいるのは残りの子どもの保護者たちです。

――すねに傷持つヤツらだから、なにも言ってこないのだろう。かもめ★百合。おまえの本名と所属を名乗れ。

——科学捜査研究所心理分析官の真田夏希と申します。

——警察官か技術職員かどちらだ？

——警察官で階級は警部補です。

——では、真田、おまえが一人だけで視聴覚教室に入るのだ。

——手順と気をつけるべきことを教えてください。ほかの者への連絡事項がありますので、入室は一〇分後としてください。

——一〇分後だな。入室は北側の準備室からだ。おまえ一人で準備室に来い。ほかの人間が見えたら、その瞬間に児童一名を射殺する。入室し、おまえの身体を拘束したら、児童を視聴覚教室東側出口から一人ずつ解放してやる。もちろん、おまえが武器を所持していたり、怪しい動きがあったら、直ちに子どもを殺す。一七名すべての子どもが視聴覚教室から出たら、東側出口を施錠する。

準備室内にはコンクリートマイクが設置されていて、青木と杉原がいるはずだ。犯人たちは二人が潜んでいることに気づいていないようだ。だが、撤収してもらうしかない。

夏希は冴美の顔を見た。

「コンクリートマイクはすぐに撤収します。青木と杉原も引き揚げさせます。もう準備室に入ることはできなくなりますね」

冴美は少し残念そうな顔をした。

準備室と視聴覚教室の間の扉の鍵《かぎ》を開けてしまうわけだから、犯人は自由に準備室に出入りできるようになる。いままで現場と廊下の間には準備室という緩衝地帯があったわけだが、それはなくなる。簡単に言えば、準備室が犯人一味の手に落ちるのだ。が、仕方がない。

――もうひとつ命ずる。自分のスマホを持ってこい。これからさらにこちらの要求をする。メールでは手間が掛かる。ちょうどいい。おまえを通じてスマホで要求を出す。

金地金のほかに、なんらかの要求があるというのか。しかし、スマホを持ち込めるのは夏希にとってもなにかと都合がよい。

――わかりました。ところで、泉沢先生は解放してもらえませんか。

――教員は別だ。ここでおまえと交換で解放するのはあくまで一七名の子どもだけだ。たしかに数が多すぎてこちらも手間が掛かる。では、一〇分後に視聴覚準備室に来い。

――よろしくお願いします。

返信は途絶えた。

「真田さん、織田部長の電話がつながりました」

冴美がスマホを差し出した。

「すみません、大和トンネルをやっと抜けて電波が回復しました。こちらの渋滞は相変わらずひどいです。到着時間が読めません」

織田は冴《さ》えない声で言った。

「あの……電話がつながらない間に独断で行動しました」

少しだけ勇気を出して、夏希は言った。

「どんなことでしょうか」

笑みを含んだ織田の声だった。

「いちばんお話ししなければならないことから言います。犯人にとって目的でない小寺政人さん、土橋春人さん、白井愛莉さんの三人のお子さん以外の児童を解放してもらえる約束を取りつけました」

夏希は元気よく言った。

「それは素晴らしい。三人の児童には気の毒ですが、一七人の児童が解放されれば事態は大きく前進します。しかし、よく犯人がそんな話を承諾しましたね」

織田は驚いたようすで言った。

「一七人の児童の身代わりを出しました。わたしが身代わりになったのです」

あっさりと夏希は言った。

「えっ、ダメですよ。そんなことは容認できません」

織田はあわてたように言った。

「すでに犯人と約束してしまいました。一〇分以内に視聴覚教室に行かねばなりません」

夏希の気持ちは堅かった。

「いや、危険に過ぎます」

厳しい声で織田は言った。

「三人の子ども以外の保護者が来校し、騒ぎになっています。犯人の目的が三人の子どもの祖父だということも感づいてしまった親がいて、ほかの保護者に伝えてしまいました。結果として保護者が感情的になっています。なかに弁護士がいて、衆議院議員を動かそうとしています。なんとかしないと、圧力が掛かって我々の動きを邪魔する力が出てくるかもしれません」

夏希は自分が抱いている懸念を口にした。

自分や冴美たちへの織田の指揮に横やりが入ることは避けたかった。

「そんな圧力には負けません」

織田は言葉に力を入れた。

「わたしは子どもたちがかわいそうなのです。わたしが身代わりになれば、一七人はもちろん、三人の子どもたちも少しは助けられると思うのです」

静かな調子で夏希は言った。

「あなたが身代わりになると、どうして三人の子どもを助けることができるのですか」

けげんな織田の声が響いた。

「あの子たちは、本当に弱い存在なのです。肉体的にも精神的にも彼らを大人が痛めつけるのはいとも簡単です。その傷はたやすく癒《い》えることはないのです。でも、身代わりになれば、あの弱い子どもたちのそばに付いていてあげられるではないですか。犯人から身を以《もっ》てかばうこともできるかもしれない。いま、かれらには疲れ切った泉沢先生しか味方がいません。あらたにわたしが味方になれるではないですか」

熱を込めて夏希は言った。

「たしかに……そうですね」

織田はかすれた声を出した。

夏希の言葉に、ショックを受けたようにも感じた。

「わかってくれましたか」

やわらかい声で夏希は訊《き》いた。

「たしかにそうでした。真田さん、視聴覚教室に行ってください」

一転してあたたかい声で織田は言った。

「理解してくださって嬉《うれ》しいです」

夏希は見えない織田に頭を下げた。

「じゅうぶんに気をつけてください。その前にひとつだけ重要な情報が入りました」

織田は声をあらためた。

「いったいどんな情報ですか」

身を乗り出すようにして夏希は訊いた。

「いま視聴覚教室にいる女犯人の正体が判明しました」

冷静な声で織田は言った。

「本当ですか」

夏希の声がうわずった。

「はい、真田さんが送ってくれた録画データを解析したところ、A号照会にヒットしたのです。氏名は若槻《わかつき》絵美瑠《えみる》といって二八歳の女性です。職業はフリージャーナリストで、あちこちでさまざまな記事を書いているようです」

織田は淡々と言った。

ジャーナリストにしては絵美瑠はずいぶん荒っぽい口を利いていた。

「日本人だったのですね」

「少なくともあの女は日本人です。約一年前の一二月一九日、取材対象の男性が居住する家の庭に忍び込み、住居侵入の罪で港南《こうなん》署に逮捕されています。余罪も前科もないことから厳重注意の微罪処分ですんでいます。その際の住所は横浜市神奈川区です。いまも言いましたが、若槻には過去に犯歴はなく、政治的な団体との関わりも見つかりませんでした。公安もマークしていない人物で、なぜ、今回の事件を起こしたのかは不明です。プロスキューターを名乗ってメッセージを送ってくる人物が若槻本人であるのかも不明です」

織田ははっきりとした発声で言った。

「先ほど、警察庁の五島さんから連絡を頂きました。今回のメッセージは視聴覚教室内から携帯電波を用いて発信しているとのことでした。従ってメッセージは六人の中の一人があの部屋から送ってきていることは間違いないです」

「五島さんからのメールが来ていますね。ただ、メッセージを誰が書いているかはわかりません。ほかの犯人の男たちは氏名等、なにもわかりませんでした。先ほど言った『クワッ』という叫び声が中国語ではないかという話も裏が取れていません……さぁ、それではじゅうぶんに注意して身代わりとなってください。絶対に危険なことはしないようにお願いします」

織田が顔をしかめているのが見えるような気がした。

「はい、犯人との間で緊張関係を生まないように留意します。犯人から許されたので、視聴覚教室にわたしのスマホを持ち込みます。通話する許可が出たら連絡します」

夏希はきまじめな声で言った。

「連絡を待っています。がんばってください」

この言葉を最後に電話は切れた。

電話を切ると、かたわらに冴美が立っていた。

「人質の身代わりのこと……わたしは賛成できません」

元気のない声で冴美は言った。

「でも、もう決めたことです。織田部長の了解も頂きました」

きっぱりと夏希は言い切った。

「賛成はできませんけど、真田さんの覚悟はよくわかりました。だから、反対はしません」

冴美はかすかに微笑んだ。

「ありがとう。わかってくださって」

夏希は頭を下げた。

「準備室までお送りします。すでにマスターキーは借りてあります」

冴美は明るい声で言った。

「でも、準備室にはひとりで来いと言われています」

夏希は焦った。

「大丈夫、準備室の外までです。それから、言いにくいことなんですけど、真田さんが入ったら、準備室は廊下側から施錠します。犯人が確保されるまで、視聴覚教室からは出られないと思ってください」

冴美は夏希の目をまっすぐに見て言った。

「覚悟はしています」

まじめな顔で夏希は答えた。

スマホの端末をささっと操作して夏希は緊急時メール発信の準備もした。

夏希たちはコンピュータ教室から廊下を三教室分南側に進んだ。

ちょうどその途中で、準備室からコンクリートマイクを撤収してきた青木と杉原に出会った。

「ご苦労さまです」

「お気をつけて」

青木が立ち止まって挙手の礼を送り、杉原がこれに倣った。

「よしてよ。帰ってこられないみたいじゃないの」

夏希は頑張って明るい声を出した。

廊下がまっすぐと右側に分かれる場所に着いた。

右に曲がってすぐの左側の壁に、視聴覚準備室の黒い扉が見えた。

夏希と冴美は期せずして扉の前で立ち止まった。

「この鍵《かぎ》は外からしか開け閉めできません。開けます」

冴美がマスターキーを取り出した。

「平気です。どうせ視聴覚教室に入ったらしばらく出てこられないんだから」

夏希は冴美に笑顔を送った。

「この鍵が視聴覚教室への扉を開く鍵です」

冴美がステンレスのシリンダー錠の鍵らしきものを手渡した。

「いってらっしゃい」

冴美はちいさい声で手を振った。

「いってきます」
夏希は笑顔で手を振り返した。
ノブに手を掛けて夏希は準備室のドアを開けた。
例のAV機器の発する独特の匂いが夏希の鼻を衝いた。
明かり取りの高窓から入る光で準備室内は意外と明るい。
奥の壁の左端に準備室へと続く扉がある。
果たして地獄へ続く扉なのだろうか。
夏希は大きく深呼吸すると、視聴覚教室に続く扉をノックした。
「県警の真田夏希です」
夏希は懸命に声を張った。
「鍵を開けてその扉を開け」
扉の向こうから、例の女と思《おぼ》しき声が響いた。
夏希はゆっくりと冴美から渡された鍵を鍵穴に入れた。
カチャリという音が響き、夏希はノブを回した。
目の前に開いた空間がひろがった。
空間を占めているのは、いくつかの光り輝く武器だった。

第四章　悲劇の末路

【1】

空間の中央から拳銃《けんじゅう》の銃口が夏希の顔に向けられている。
グリップを握っているのは女……若槻絵美瑠だった。
「両手を上げろ」
絵美瑠の尖《とが》った声が響いた。
きつい目で夏希を睨《にら》みつけている。
夏希は黙ってゆっくり両手を上げた。
彼女の左右には男たちが立って、振りかぶった手にはナイフが握られていた。
ブレードに反射する銀色の光が、夏希の目を射た。

「そのまま両手を上げてまっすぐ入ってこい」

低い声で絵美瑠が命じた。

「わかりました」

声がかすれる。夏希は言われたとおりに歩き始めた。

絵美瑠の横を通ると、ふわっとシトラス系の香りが漂った。

意外なことに絵美瑠は香水を使っているらしい。

「教室の前方に進め」

立て続けに絵美瑠は命令を下した。

夏希は階段状の視聴覚教室をホワイトボードやモニターテレビが置かれている前方へと下っていった。

彼らが侵入してきた外へ通じるドア近くには、猟銃を手にした屈強な体格の男が椅子に座っていた。

正面の演台近くでは床に座った二人の男が、こちらに向かってそれぞれナイフを手にしている。

二人の男が座る位置のまん中あたりに一脚の椅子がこちらに向いて置いてあった。

夏希が授業をしていたときに、陽菜が座っていたブルーのファブリック座面のスタッキングチェアだった。

「そこで止まれっ」

絵美瑠は強い口調で言った。

夏希は歩みを止めた。

「こちらへ振り返って、その椅子に座れ」

ふたたび絵美瑠が低い声で命じた。

不安感を抱きつつも夏希は向き直って椅子に座った。

子どもたちと陽菜の姿が視界に飛び込んできた。

犯人一味が選んだ三人の子たちがいちばん近くにいた。

最前列に小寺政人、土橋春人、白井愛莉の三人が座らされていた。

かわいそうに、この三人の子たちは上半身に縄を掛けられていた。

学校ではとりあえず児童に形式的平等を与えようとするが、犯人たちにそんなことを求めても無駄らしい。

三人の子どもたちは祖父たちのせいで差別を受けている。

眠っていくらか後ろに反っている三人の顔色は決して悪くない。

ただ、ずっと泣いていたらしく、三人とも顔が汚れていた。

痛ましい気持ちで夏希は三人を見た。
続けて一七人の子どもたちの姿が目に飛び込んできた。
夏希は懸命に子どもたちの姿を観察した。
全員が椅子の上で寝ている。
隣の子ともたれ合っている子もいるが、椅子からずり落ちている子どもはいなかった。
いまの夏希の入室騒ぎにも、子どもたちははっきりとは起きなかったらしい。
なかにはうなだれている子もいる。
すべての子どもの顔色は確認はできない。
だが、ほとんどの子の顔色は悪くない。
犯人一味は子どもたちに直接的な暴力は振るっていないらしい。
少なくとも、ケガをしているように見える子はいなかった。
夏希の全身を安堵感《あんどかん》が包んだ。
子どもたちの後ろの椅子には、身体に縄を巻き付けられた陽菜が座っていた。
が、こちらも暴力を受けているようには見えなかった。
陽菜は口をポカンと開けて夏希を見ている。

「Tied up!」

教室の後方、高い位置に座った絵美瑠が英語で指示した。

背後から男が、ナイロンロープで夏希の身体をグルグル巻きにした。

ただ、椅子に縛られたわけではないので足は自由だった。

無表情な男たちはなにも言わないが、雰囲気が日本人っぽくはない。

いままで見た範囲では、顔つきは日本人のようにも見えるが、織田の言っていたことを考えれば中国人なのだろうか。

絵美瑠が彼らに命令しているようにも見える。

対等な関係や、まして仲間には見えない。

犯人一味はどこかの組織に所属している人間なのだろうか。

あらためて眺めると、男たちには組織の一員という雰囲気が臭ってくる。

だが、誰も暴力団員風にはまったく見えない。

国際犯罪者集団。そんな言葉が夏希の脳裏をよぎった。

もしかすると……。

夏希の考えは、絵美瑠の不遜《ふそん》な笑い声で破られた。

「ふふふ……先生よ、身代わりの人質が来たんだ。警察からだよ」

絵美瑠はおもしろそうに笑っている。

「真田先生……どうして……」

陽菜は夏希の顔を見て言葉を失った。

「子どもたちのようすを見たくてきました」

夏希はかすかな笑顔を陽菜に向けた。

「余計なことは言わなくていいっ」

不機嫌に言うと、絵美瑠は険しい顔で言葉を継いだ。

「ガキが多すぎて邪魔だから、この女警官と交換することにした。おい、真田とかいう女。上司に電話して、この視聴覚教室周辺の警察官を動かすなと言え。だいたい、いまこの視聴覚教室のまわりに警察官は何人くらいいるんだ？」

きつい声で絵美瑠は訊《き》いた。

「校門側の屋外には機動隊員が三〇名ほどいます」

夏希は淡々と答えた。

「もちろん、そいつらも動かすな。で、校舎内はどうなんだ？」

絵美瑠は夏希の顔を見て問いを重ねた。

「誰もいないはずです」

きっぱりと夏希は言った。

「この部屋の前の廊下にいる者は射殺する。また、ガキどももただではすまない。そのことを上司に告げろ」

眉間《みけん》にしわを寄せて、絵美瑠は厳しい声で命じた。

「わかりました。誰も近づけないように伝えます」

夏希は素直な声で答えた。

この教室から子どもが出て行くタイミングで突入するような危険は冒さないだろうが、織田には伝えなければならない。

「でも、両手が使えなければ電話できませんよ」

夏希は口もとにかすかな笑みを浮かべた。

「そうだな、おい縄を解いてやれ」

今度は絵美瑠は日本語で指示した。

縛ったのとは別の男が夏希の縄を解いた。

夏希はポケットからスマホを取り出した。

「妙なマネをすると、こいつが火を噴くぞ」

絵美瑠は拳銃《けんじゅう》を誇示するように見せつけた。

「そんなことしませんよ……では、電話します」

「あたしにも聞こえるようにスピーカー通話にしろ」

夏希はスピーカー通話の設定にして膝《ひざ》の上にスマホを置いた。

電話すると、織田はすぐに出た。

「大丈夫ですか、真田さん。ケガなどはありませんか」

織田は心配そうな声で訊いてきた。

「心配ありません。この電話は許可を得て掛けています。スピーカー通話になっています」

夏希は織田を牽制《けんせい》した。

「わかりました」

織田の声がいくらかこわばった。

「織田部長に連絡があります。これからすべてが完了するまで、屋外の機動隊員を動かさないようにお願いします。さらに、この部屋の周辺に警察官を近づけないでください。廊下にいる者や児童には被害が出るそうです」

児童が聞いていることも考慮して、夏希はなるべく簡単に伝えた。

「わかりました。島津さんたちにもくれぐれも近づかないように厳命しましょう。頑張ってください」

織田はこわばった声で言って電話を切った。

「誰も近づけないそうです」

夏希の言葉にうなずくと、絵美瑠は陽菜に向かって口を開いた。

「いいか、これからあの三人を除くガキたちを外に出す。先生からガキたちに伝えろ」

「そんな……わたしには言えない……」

陽菜の顔色が悪くなった。

この言葉を陽菜から子どもたちに伝えさせるのは、残酷に過ぎる。

ここから出られる一七人は元気になるだろう。

「言わねぇなら、ガキたちをこいつで静かにさせるぞ」

絵美瑠は拳銃の銃身をゆらめかせた。

「わかりました。言います」

あわてて陽菜は立ち上がった。

上体は縛られているが、下半身は自由なのだ。

夏希がされたのと同じような縛られ方をされているに違いない。

「『ほしぞら組』のみんな、起きて」

陽菜は子どもたちに向かって声を張った。

「うーん」とうなる子。

「えっ」と驚く子。

「ねむーい」とまだ起きられない子。

陽菜は子どもたちをあたたかい目で見ている。

「もう一回言います。五年『ほしぞら組』のおともだちはみんな起きましょう」

ふたたび陽菜は子どもたちに声を張り上げた。

二度目の陽菜の呼びかけで、ようやく子どもたちはしっかり起きたようだ。

縛られている三人の子どもも眠りから覚めた。

「子どもたちを整列させろ。おまえが先頭になるんだ。下まで行ってかまわない。だが、おまえを銃口が狙っていることを忘れるな」

低い声で絵美瑠は命じた。

陽菜は立ち上がって椅子と椅子の間の通路に出ると、夏希の前あたりまで早足に進んできた。

油断なく絵美瑠が持った銃の筒先は陽菜を狙っていた。

「お父さん、お母さんが迎えに来ました。みんなおうちへ帰りましょう」

やさしい声で陽菜は呼びかけた。

だが、子どもたちの喜びの声は響かなかった。

どの子もまわりの犯人たちを怖がって声が出せないのだ。

子どもたちが一刻も早くこの恐ろしい場所から逃れられることをあらためて夏希は願った。

「みんな出口に向かって出席番号順に並んでください。お口はつぐむのよ。先頭一番の会田《あいだ》さんはこのあたりに立ってください。その後にみんな続くのよ」

陽菜が命ずると、子どもたちはわらわらと席から立ち上がった。

「あの……僕も帰りたいです」

小寺政人が震える声で訴えた。

「おまえたち三人はダメだっ」

絵美瑠はピシャッと拒んだ。

「ひどいっ」

「わたしも帰りたい」

土橋春人と白井愛莉が半分泣き声を出した。

「ぎゃあぎゃあわめくと撃ち殺すぞ」

絵美瑠は低い声で脅しつけた。

三人は引きつったような顔で黙った。

乱暴な絵美瑠に文句を言いたかったが、すんなりと一七人を脱出させたかったので夏希は黙った。

「小寺さん、土橋さん、白井さんはもう少し待ってね。まだ、お父さんやお母さんが来ていないの」

政人たちに陽菜は無理な言葉を掛けて慰めた。

絵美瑠が恐ろしい顔で睨《にら》んでいるので、三人は黙っていた。

ただ、顔は涙でぐしゃぐしゃになっていた。

「みんな、列はできたね」

会田というお下げ髪の眼鏡を掛けた小柄な女子児童を先頭に、一七人の子どもたちは手早く列を作っている。

この子たちも口をつぐんでいる。

恐怖からではあろうが、よくしつけられた子どもたちだと夏希は感心した。

「おい、一人が教室東側のドアを開けろ。もう一人は廊下のようすを確認しろ。誰かいたら、容赦なく殺せ」

絵美瑠は夏希の背後にいる男たちに命じた。
日本語で命じたところを見ると、背後の男たちは日本語がわかるらしい。
あるいは日本人なのかもしれない。
あまり頭を動かさないようにして、夏希は東側の扉に目を向けた。
教室の後ろを向かされているので、右側が東ということになる。
背の高い男がシリンダー錠のサムターンをまわした。
もう一人のがっしりとした男は猟銃らしきものを片手に、廊下に飛び出していった。
外へ出る前方のドアを守っていた男だ。
「問題ない」
猟銃男はすぐに廊下から戻ってきて報告した。
少なくともこの男は日本語を話すのだ。
「先生よ、一七人のガキを、行列作って出ていかせろ」
絵美瑠が陽菜に命じた。
「みんな、そこの出口から行進して出ていくのよ。先生のリズムに合わせて歩こう。
いち、に、さん」
陽菜は声を張ってリズムを作った。

子どもたちは陽菜の声に合わせて視聴覚教室を出てゆく。

身体がふらついている子や足を引きずっているような子もいたが、児童は止まることなく歩き続けた。

一人、また一人、子どもは視聴覚教室を出ていった。

あっという間に一七人の児童の列は廊下へと消えていった。

陽菜は子どもたちの後ろ姿をじっと見つめていた。

「よしっ、ドアを閉めて鍵《かぎ》を掛けろ」

絵美瑠が命ずると、背の高い男はさっとドアを閉めてサムターンを回した。

がっしりした猟銃男は、もとの屋外に通ずる扉のそばに戻って警戒の姿勢に戻った。

ひとつのフェーズが終わった、夏希はそう感じていた。

これで、「巻き込まれた」児童は避難できたことになるし、守るべき存在は子ども三人と大人一人とぐっと少なくなった。

小寺政人、土橋春人、白井愛莉の三人は目に涙をいっぱいに溜《た》めて、同級生たちが出ていった扉をじっと見ている。

まだ肩の荷を下ろすわけにはいかない。

とんでもない。それどころか、これからこそ問題の解決に力を入れていかなければならない。だが、三人の子どもたちは疲れ切っている。

それから一〇分もしないうちに三人は寝入ってしまった。

しばらくは三人の子どもたちには寝ていてもらいたいと夏希は思った。

【2】

「あの子どもたちを解放してくれたことに感謝いたします。若槻絵美瑠さん、ありがとうございます」

夏希は深々とお辞儀をした。

「なんだよ、警察はあたしの名前を知ってんのか」

絵美瑠は唇の端を歪《ゆが》めて笑った。

「去年の一二月に、あなたが住居侵入の罪で港南署に逮捕された記録が残っていました。微罪処分ですんでいるそうですね」

夏希は淡々と言った。

「取材のためだ。前科なんかになってたまるか。ロクでもない男だ。自分の女房に不倫がバレて愛人を殺そうとしたなんてクズ人間じゃないか」

絵美瑠は顔をしかめた。

「その事件については詳しく知りませんが、ジャーナリストだったんですね」

絵美瑠の顔をじっと見て夏希は言った。

「ジャーナリストって言うと聞こえはいいが、ゴシップ屋だよ」

絵美瑠は自嘲《じちょう》的に笑った。

とくに機嫌を損ねているようすではない。

「そんなことより、まだ三人の祖父《じい》さんの答えを聞いていない。上司に連絡して確認しろ」

絵美瑠が持ち出した三人の回答には、夏希も関心があった。

「ただ、この回答内容は三人の児童には聞かせたくないのです」

夏希は声をひそめた。

三人は眠っているが、もし起きて聞かれたらトラウマになるような内容かもしれない。

「そんなことはかまいやしない」

平気の平左で絵美瑠は言った。

「回答内容によっては、また子どもが騒ぎますよ」

夏希の言葉に絵美瑠は顔をしかめた。

「わかった。スピーカーの音量を下げろ」

絵美瑠は数歩歩んで夏希に近づいた。

膝《ひざ》の上のスマホのボリュームを調整して、夏希は織田に電話を入れた。

「はい、織田。一七人の児童は教職員によって保護されました。この後、スクールバスで大磯駅まで送って保護者に引き渡す予定です」

織田のレスポンスは早くなってきている。

「本当によかったです。ところで、若槻さんから質問ですが、小寺政之さん、稲葉道康さん、白井治夫さんの三人はどのような回答をしているのでしょうか」

夏希は低い声で訊《き》いた。

「三人の回答がそろってから電話しようと思っていたのですが……三人ともマスメディアには出演しない。もちろん、謝罪もしないということでは共通しています。三人は犯人が主張するような『罪悪』については、自分も会社も心当たりがないということでした」

織田は淡々と話した。

「くそっ、なんてヤツらだ」

絵美瑠の額に筋が立った。

「それで、三人の解放についてはどんな考えなのですか」

夏希はなるべくやわらかい声で織田に続きを促した。子どもたちの耳を気にして、あえて身代金という言葉を避けた。

「稲葉道康と白井治夫は資産を処分して金地金を用意するそうです。孫の生命は金には換えられないと言っているそうです。しかし残りの一人はそんな金は支払う必要はないと回答しているとのことです。回答は以上です。いったん電話を切ります」

織田は冴《さ》えない声で言って電話を切った。

「ふざけやがって」

絵美瑠は音が出るほど歯嚙《はが》みした。

「このガキを殺して、首を小寺のジジイに届けてやろうか」

拳銃《けんじゅう》の筒先を小寺政人に向けて、絵美瑠はまなじりを吊《つ》り上げた。

幸いなことに政人は疲れ切って眠っている。

「待ってください。この子の責任ではないでしょう」

夏希は舌をもつれさせた。

「そんなことはわかってる。だけど、このガキは許せないジジイの孫だ」

汚いものでも呑《の》み込んだような顔で絵美瑠は言った。

「考えてください。小寺さんはほかの二人とは違って、この子の生命よりも金を選んでいるわけです。この子を傷つけても、たいして彼を苦しめることにはならないと思うんです」

夏希は絵美瑠の目をまっすぐに見て説得した。

自分でも奇妙な理屈だと思ったが、どうにか絵美瑠の心を落ち着かせなければならない。

「そう言や、そうだな。人でなしだけに孫の生命なんてどうでもいいってわけか」

絵美瑠は目を大きく見開いた。

「わたしはそんな気がするんですよ」

この理屈はどこかおかしい気はするが、絵美瑠には説得力があったようだ。

「まぁいい。タイムリミットは八時だ。それまでは我慢して待ってやる」

傲然《ごうぜん》と絵美瑠はうそぶいた。

タイムリミットにはまだ四時間はある。

「こんなことを言うと、怒られるかもしれません。でも、言います。皆さんは逮捕監禁や恐喝の罪、銃刀法違反はともあれ、それより重い罪は犯していません。まだまだ引き返せるのです。どうか、人をケガさせたりしないでください。お願いです」

夏希は心を込めて説得した。

「うるせぇな。そんな計算しながら、こんな無茶なことができるか」

絵美瑠は歯を剝《む》きだした。

「ところで、伺いたいと思っていたのですが、逃げる手段は考えてあるんですか」

まじめに夏希は絵美瑠に訊いた。

「おまえ、変な女だな」

絵美瑠は奇妙な顔で夏希を見た。

「そうですか」

「警察官なんだろ？　なんで犯人が逃げるときの心配までしてんだよ」

笑いをこらえているような絵美瑠の声だった。

「だって、どう考えたってここに立てこもるのには無理がありますよ。わたしにはあなた方が逃げられるとは思えないんです。逃げられないでヤケを起こされても困ると思ったんです」

夏希はこれまた奇妙なことを口にした。

この女と話していると調子が狂ってくるような気がする。

「ははは、真田は心配性だな。あたしの協力者が一時間前に関係各機関に逃げるための手段を用意しろとメールしてある。できるだけ早く用意しろ。そうでないと子どもたちを殺すぞと脅迫しているはずだ。さらに用意しないときは、すべてが日本政府の責任と世界中のマスコミに公表してやると脅してあるはずだ。二〇人が三人になっても子どもの生命の価値は変わらない。なにせ人の生命は地球よりも重いからな」

絵美瑠は皮肉な笑いを浮かべた。

「そ、そうだったんですか」

夏希はまたも舌をもつれさせた。

協力者がいるのだ。夏希は驚き、かつ、納得していた。

それは個人ではあるまい。

日本政府を相手に恐喝を行えるとはただ者であるはずがない。

言い方は悪いが、取材先に違法に侵入して逮捕される絵美瑠のようなレベルの人間ができることではない。

やはり国際犯罪者集団……そうであるに違いない。

「中心になって動いてもらうのは内閣府と警察庁長官官房だ。あんたの上司の役職はなんだ？」

いきなり絵美瑠は訊いてきた。

「県警刑事部長です」

若干うろたえつつ夏希は答えた。

「地方警察のあんたの上司にはまだ連絡がいっていないんだよ」

絵美瑠は薄ら笑いを浮かべた。

「少なくとも、わたしは聞いていません」

この話を織田が把握したら、すぐに連絡してくるはずだ。

警察庁長官官房は、現時点では実際に現場に向き合っている神奈川県警を無視してことを進めているというのか。

銃やナイフを突きつけられている最前線の自分をなんだと思っているのだろう。

変な怒りがこみあげてきた。

「まぁ、準備が調ったら、あんたの上司に連絡がいくさ」

絵美瑠はのんきな顔で言った。

夏希には新たな不安が浮かんできた。

しばらく視聴覚教室内には動きがなかった。

子どもたちは寝ているし、陽菜は疲れ切った顔をしている。

犯人一味も新たな動きは見せなかった。

「ねぇ、伺いたいことがあるんですけど……」

夏希は絵美瑠に声を掛けた。

「なんだよ。逃げる手段なら話したろ。その態勢が調ったという連絡はまだ来てないが……」

絵美瑠は面倒くさそうに言った。

「そのことじゃないんです。なぜ、若槻さんは今回のことを実行しようと思ったのですか」

夏希は絵美瑠の顔を見て真剣に訊《き》いた。

実は絵美瑠と接しているうちに湧いてきた疑問だった。

絵美瑠はもともと気が強い女かもしれない。

だが、こんな大胆な犯罪を実行できる人間ではない気がする。

犯行の計画も絵美瑠が練り上げたとは思えない。

だが、仲間の男たちは絵美瑠の部下のような立場だと思える。五人の中に犯行の立案者がいるようには感じられない。

国際犯罪者集団がすべてを組み立てた犯罪なのだろうか。

だが、絵美瑠には強い情熱……あるいは怨念《おんねん》を感じる。

単に金で雇われて今回の事件を起こしたとは思えない。

彼女がこんな危険な犯罪に手を染めた理由はいったいなんだろうか。

「どういう意味だよ」

不機嫌な声で絵美瑠は夏希の顔を見た。

「あなたはなぜ小寺政之さん、稲葉道康さん、白井治夫さんを憎んでいるんですか」

夏希は真剣な声で問いを重ねた。

「メールで書いたとおりだ。ヤツらは世界中で『罪悪』を犯し、たくさんの人々を不幸にしてきたからだ」

そっけない口調で絵美瑠は答えた。

「そんな客観的な話を伺っているのではないです。あなた自身がどうしてそんなに彼らを憎んでいるかを伺っているんです。信念だけのようにはわたしには感じられない。若槻さんを突き動かしているものはもっと生な感情だと感ずるのです」

自分が思うままを夏希は素直に絵美瑠にぶつけてみた。

絵美瑠は睨《にら》むように夏希を見た。

しばらく絵美瑠は黙っていた。

「あんた、しつこいな。なんで人のことがそんなに気になるんだ」

ぼそっと絵美瑠は言った。

ぶっきらぼうな調子に見えて絵美瑠の顔はやわらかかった。

「もともと精神科の臨床医でしたから。それに心理カウンセラーでした。そもそも人の気持ちが気になるおせっかいな人間なのでしょう」

言っていておかしくなって夏希はちいさく笑った。

「そうだったのか……」

絵美瑠は大きく目を見開いて夏希の顔を見つめた。

「だからわたしには、あなたを動かしているものの正体が知りたくなってしまったのです」

夏希は絵美瑠の目をじっと見つめた。

「父親を小寺政之に殺されたせいだ」

ぽつりと言った絵美瑠の声は暗く湿っていた。

「本当ですか。小寺さんがそんなことを」

夏希の声は裏返った。

「あいつは《ミネガミ》の会長をしていた男だ。拳銃《けんじゅう》や刃物で殺したわけじゃない。

だが、あいつの欲得のために結局、父は殺されたようなものだ」

　絵美瑠の声はどす黒く濁ってきた。

「どういうことですか」

　夏希は絵美瑠の暗い顔を見ながら訊いた。

「もともと父は無機化学プラントの専門家で、《ミネガミ》の課長級の技術者だった。いまから五年前に経営トップである小寺政之自らがベトナム南部のニャチャンを訪ねた。ニャチャンは海沿いのリゾートが有名だが、西側には工業地帯もひろがっている。それまで《ミネガミ》はベトナムへの進出を図っていなかった。だが、コンサルタントなどの奨《すす》めで小寺の判断だけでニャチャンへのソーダ工業プラントの進出を決めた。父はさまざまな技術的な理由から上司に反対の意見を言ったが、小寺の意志が強かったために取り合ってもらえなかった。事前の調査チームは作られたが、工場進出の立地選定・設立手続きなどに調査内容が集中してしまい、科学的客観性を欠いた事業計画となってしまった。父はそんななか《ミネガミ》のニャチャン工場プラントの責任者として現地の事業を仕切る立場とさせられた。だが、しょせんは無理な事業展開だった。プラントが稼働すると、父が恐れていたとおり公害が発生した。結果として、地域住民が工場前に集まり、工場からの排煙に関する抗議行動のデモが続いた。父は心不全で急死した。わたしは父を愛していた。ひとりっ子だったんで五歳の時に父と母が離婚してからずっと父が育ててくれた。外国に赴任するようになったのはわたしが大学生になってからだ。だけど、いつまでも子ども扱いして帰国するたびにベトナム伝統芸能の水上人形劇の人形を買ってくるんだ。『絵美瑠は人形好きだからな』って、わたしはもう小学生じゃないのにな。父の心のなかでは、わたしはいつまでも子どもだったんだ」

淋《さび》しそうに笑ってから、絵美瑠は厳しい顔つきに変わって言葉を継いだ。

「責任者が死んだために住民の反対運動は下火になった。だが、父の死に不審を感じたわたしは現地と東京で一人で調べていた。すると、ある人が近づいてきた。小寺政之の悪行を調べている人だった。その人は小寺が現地の人間を使って父に毒を飲ませたと恐ろしいことを教えてくれた。父は小寺政之に詰め腹を切らされて殺害されたのだ」

絵美瑠の両の瞳《ひとみ》は潤んで声がわずかに裏返った。

「そんな……ひどい……」

夏希の声はかすれた。もし事実なら、あまりにひどい話だ。

「わたしに父の死の真相を教えてくれた人は、小寺の似たようなやり口をほかにもたくさん知っていた。あいつは悪魔だ。自分の欲得のためなら父の生命などゴミのようなものなんだ。小寺、稲葉、白井の三悪人は罰を受けなきゃならないんだ」

絵美瑠の声は激しくなった。

「今回のことは、その人に誘われたんですか」

畳みかけるように夏希は訊いた。

「そうだ。いまわたしたちの逃げ道を各機関に要求して確保してくれている人だ」

絵美瑠は素直にうなずいた。

「個人ではなく、組織ではないですか」

夏希は絵美瑠の目を見てゆっくりと尋ねた。

「大きな組織の一員だ」

ぽつりと絵美瑠は言った。

「もしかすると《ディスマス》でしょうか」

今回の犯行が起きてからすぐに夏希が考えていたことだった。

「なんでその名を知っているんだ？」

頭を殴られたような絵美瑠の顔つきだった。

やはりそうだった！

ちらちらと頭の隅によぎっていた国際犯罪集団は《ディスマス》しかなかった。

ベトナムは《ディスマス》が医薬品などを配っている支援国などよりずっと豊かだが、第三世界全体に目を向けている《ディスマス》がさかんに情報収集をしているそうだ。彼らは金を得られる問題や紛争を世界中から探しているのだ。

「わたしの仲間がその組織の一員でした。仲間は組織の一員であったがために死にました。また、ある偉大な文学者を《ディスマス》の暗殺から守る仕事をしたこともあります」

夏希は言葉に力を込めた。

あきらかに絵美瑠はショックを受けていた。

「真田が知っている《ディスマス》のことを話してくれ」

真剣な顔つきで絵美瑠は頼んだ。

「ディスマスは、新約聖書に出てくる『強盗聖人』の名前です。強盗の罪で十字架に掛けられながらも、イエスを罵《ののし》る男を制止したことで聖人として天国行きが認められた男の名前です。《ディスマス》は、さまざまな犯罪によって得た莫大《ばくだい》な金をアジア、アフリカ、ラテンアメリカの被支援国に配っています。国家に対してではありません。民間組織に対してです。また難民キャンプ等には医薬品や医療機器などの直接援助をしています。彼らは、『先進国から搾取されている第三世界を救う』ことを標榜《ひょうぼう》していています。世界各国にメンバーがいますが、中心となっている国も人物もわからない謎の組織です。また、マフィアや傭兵《ようへい》出身者などをたくさん配下に置いているとも聞いています」

ごく簡単に夏希は自分の頭の中の《ディスマス》について語った。

「わたしが知っている《ディスマス》と根本は変わらない。わたしは小寺政之らに罰を与え、奪った金を第三世界の不幸な人々に配るために今回の計画に参加することに決めたんだ。これは文字通り義挙だ。《ミネガミ》、《プルトリア》、《日岳物産》の三社とその元トップの『罪悪』は指弾されなければならないんだ」

絵美瑠は胸を張って堂々と答えた。

「あの五人はあなたの部下なの？」

夏希は男たちを横目で見て訊《き》いた。

「わたしが今回の計画に賛同したら、《ディスマス》が部下として派遣してくれた。彼らは日系ブラジル人と中国系ブラジル人だ。全員が軍隊経験者で、武器の扱いなどには慣れている」

「それで日本語が通ずる人がいるのね」

「たいした会話力ではないが、二人はある程度、日本語が話せる。あとの三人はまったく通じない。わたしは英語が少しは話せるので、なんとか意思疎通はできる。だが、全員、出会って三日しか経っていない」

絵美瑠は顔をしかめた。

そのとき、夏希のスマホが振動した。画面には織田の名前が表示されている。

「上司からです。電話に出ていいですか？」

慎重に夏希は訊いた。

「かまわない。スピーカー通話も切っていい」

なんの気ない調子で絵美瑠は言った。

「なぜです」

夏希は驚いて絵美瑠の顔を見た。

「なぜだろうな」

絵美瑠はふっと笑った。

スピーカー通話を切り、夏希はちいさく頭を下げて電話をとった。

「真田さん、とんでもないことがわかりました」

織田は声をひそめた。

「どんなことでしょうか。ちなみにスピーカー通話は切っていいと許可を頂きました」

夏希はさらっと答えた。

「犯人一味は《ディスマス》のメンバーか関係者であることがわかったのです」

かなり興奮した織田の声だった。

「本人から聞きました」

さらっと夏希は答えた。

「《ディスマス》は彼女たちの脱出について政府に要求してきています。三人の子どもと泉沢教諭の生命を守るために、内閣は《ディスマス》の要求を呑《の》むことにしました」

厳しい声で織田は言った。

「どんな要求ですか」

「《湘南ハルモニア学園小学校》の運動場に一〇人以上が乗れるヘリコプターを派遣すること。羽田《はねだ》空港で乗り換えるフィリピンのマニラ行きの民間会社の航空機を用意すること。以上の準備が調いました。三人の子どもは羽田空港で解放すると言っています。要求があれば、三〇分以内にそちらの運動場にヘリコプターが迎えに来ます。呼びたいときには僕に電話してください」

重々しい調子で織田は言った。

「退路は用意したんですね」

夏希の心でストンと落ちるものがあった。

絵美瑠たちは退路をしっかり用意していたのだ。それも国際的な退路を……。

だからこんな閉塞感《へいそくかん》のある場所に立てこもることができたのだ。

「さらに、マニラ行きの航空機内には三〇キロの金地金を積載してあります。金地金を確認できないときには子どもを殺すと《ディスマス》は脅しているそうです」

織田は腹を立てたような声を出した。

「では、小寺さんも金地金にはオーケーしたのですね」

意外に思って夏希は念を押した。

「本人は難色を示していましたが、《ミネガミ》が立て替えても支出すると主張しました。いずれにしても現時点ですべての用意ができています。僕は《ディスマス》は彼女たち一味をマニラ経由でブラジルへ逃す腹だと考えています」

考え深げな調子で織田は言った。

「なぜですか？」

夏希には理由がわからなかった。

絵美瑠は男たちがブラジル人だと言っていたが……。

「日本とブラジルは犯罪人引き渡し条約を締結していません。そのため、ブラジル当局が身柄を確保しても、日本に引き渡すことはないのです。そればかりかブラジルでは国民の引き渡しを憲法で禁じています。自国民の引き渡しは絶対的に禁止されています。若槻絵美瑠以外の者はブラジル人の可能性があります」

なるほどそれで《ディスマス》は今回の件にブラジル人を使うことにしたのか。

「はい、そう聞いています」

「やはり、そうでしたか。彼らはブラジルへの退路を確保すれば永続的に無事に逃げられます」

「納得できました」

「ただ、彼らのもくろみを日本政府は阻止しようとしています。警察庁は、羽田空港に警視庁の警備部警備第一課から部隊を出動させることを決めました。これは神奈川県警に正規に入った情報ではなく、僕の警察庁時代の友人がひそかに教えてくれた内容です」

織田の声はわずかに震えていた。

「え……本当ですか」

夏希は背中に冷水を浴びせられた気持ちになった。

警視庁の警備部警備第一課に所属する部隊とは、対テロの特殊急襲部隊すなわちSATのことだ。つまり警察庁は羽田空港で、絵美瑠たちを射殺するつもりなのだ。

「はい。神奈川県警としては《湘南ハルモニア学園小学校》でのSISによる解決を望んでいます。さらに望ましいのは、彼女たちが投降してくれることです。人質全員と犯人全員の身体生命の安全を僕は強く願っています。僕からは以上です」

織田の声は悲しげに響いた。

「わたしも同じ気持ちです。そのために努力したいと考えています」

夏希は真剣に答えた。

「頑張ってください」

織田は電話を切った。


【3】


「若槻さん、わたしの話を冷静に聞いてください」

夏希は絵美瑠の目を見て静かに言った。

「なんだよ、あらたまって」

絵美瑠はかるく首を傾げた。

「あなたたちが要求している、すべての内容、この運動場へのヘリコプター、羽田空港のマニラ行きの飛行機、その機内に三〇キロの金地金の積載、すべて用意が調いました。上司に電話すれば三〇分以内にヘリコプターが到着するとのことです」

まずは伝えるべきことを夏希は口にした。

「小寺のジジイも金を用意したのか」

鼻の先で絵美瑠は笑った。

「とりあえず《ミネガミ》が用意したそうです」

「癪《しゃく》に障る男だ。だが、まぁいいや……最終的にはあいつの損にはなるはずだ。醜聞は後で《ディスマス》が公開してくれる。わたしたちは退散することにしよう」

締めくくるように絵美瑠は言った。

「わたしは勧めません。あなた方はヘリコプターに乗ってはいけない」

強い口調で夏希は絵美瑠の行動を止めた。

「なぜだ」

目を見開いて、絵美瑠は眉間《みけん》にしわを寄せた。

「日本政府が、あなた方をそんなに簡単に逃がしてくれると思っていますか。わたしは警察幹部の口から何度も『テロには屈しない』という国際的な方針の言葉を聞いています」

丁寧な口調で夏希は言った。

「だけど、すべてはわたしたちの要求通りに準備できたんだろう?」

不思議そうに絵美瑠は訊《き》いた。

「準備ができたと言い、ヘリで羽田まで送るのは、あなたたちをだますための方便だと考えています」

厳しい調子で夏希は言った。

「マニラ行きの飛行機の用意ができていないというのか」

絵美瑠は首を傾げた。

「いいえ、そうではありません。これからいう話はわたしの推測に過ぎません。間違っているかもしれません」

夏希はまっすぐに絵美瑠を見て言った。

「な、なんだよ」

とまどった顔で、絵美瑠はいくぶん背を反らした。

「わたしたち神奈川県警は蚊帳《かや》の外に置かれているようです。日本政府、警察庁はあなたたちを羽田空港で射殺するかもしれません」

自分の中では、ほぼ確実視している話を、夏希は暗い声で伝えた。

「なんだって！」

絵美瑠は目を剝《む》いた。

「子どもを人質に取った立てこもり事件だけを表向きにして、子どもをさらったままの犯人の国外逃亡を許さないという名目で銃を向けてきますよ」

夏希は言葉に力を込めた。

「子どもは羽田で放す予定だった」

低い声で絵美瑠は答えた。

「そんなことは伏せておけば世間にはわかりません。死人に口なしです」

皮肉な口調で夏希は言った。

「わたしたちを殺すというのか」

絵美瑠の乾いた声が響いた。

「あくまでわたしの予想に過ぎません。ですが、神奈川県警には内緒で羽田空港に警視庁のＳＡＴを配置したと聞いています。ＳＡＴは制圧するのが目的の特殊急襲部隊です。神奈川県警が現在、この学校に配置しているのはSIS……警視庁で言うところのSITです。SATは警備部、SITは刑事部。役割が大きく違います。SITは被疑者の確保が目的で動きますが、SATはテロリストの制圧、場合によっては射殺が目的です。ヘリコプターに乗れば、あなた方は射殺されるおそれがあるのです」

夏希は、眉間に深いしわを刻んだ。

「許せないっ……わたしたちをだまして葬り去ろうというのか」

絵美瑠は目を大きく見開き激しい声で言った。

「だから、わたしはあなたに投降してもらいたいのです。いままであなた方はそれほど重い罪に問われることをしたわけではありません。だから刑事裁判で正しい主張をすればいいのです。若槻さんがどうして今回の事件に手を出したのか。お父さんがどんな目に遭ったのか。主張することはいくらでもできます」

夏希は噛《か》んで含めるような調子で説得した。

「ああ、いくらでもチャンスはある」

絵美瑠はしっかりとうなずいた。

「けれども……死人に口なしですよ」

間髪を容《い》れずに夏希は言った。

「そうか。死人に口なしか……くそっ。政府のいいようにされてたまるかっ。わたしは裁判ですべてを話すぞ」

怒りとともに絵美瑠は新しい決意を口にした。

一瞬、部屋に奇妙な沈黙が漂った。

「そんなことが許されると思う？」

とつぜん若い女のきつい声が響いた。

えっと思って夏希が声のするほうを見ると、いつの間にか陽菜が絵美瑠の真横まで歩み寄っていた。

陽菜の手にはナイフが握られていた。

「She was a traitor」

きつい声で陽菜は言った。

いっせいに五人の男たちは、武器を絵美瑠に向けて構え直した。

「こいつは裏切り者だ」という意味の英語だった。

夏希の身はすくんだ。

「拳銃《けんじゅう》をよこしなさい」

陽菜は絵美瑠に迫った。

「渡さないよ」

絵美瑠はかぶりを振った。

「そんなことをすれば、四人のうちの誰かのナイフがあなたに飛んでくよ。それとも猟銃の弾丸がいいの？」

きつい声で陽菜は絵美瑠を脅した。

やむなく絵美瑠は拳銃を渡した。

受けとった陽菜は銃口を夏希に向けた。

夏希の全身は板のようにこわばった。

「吉満久也《よしみつひさや》は自分の生命より大事な人だった。真田先生、あなたにはそんな経験がある？」

強い口調で陽菜は訊いた。いったい誰のことだろう。

「いいえ、そんな人は現れたことがない」

これは事実だった。

「それじゃあ、いくら精神科医でもわたしの気持ちなんてわかりはしない。久也は白井治夫がトップの《日岳物産》に勤めていた。三年前、たった一年といって、わたしが心から愛した久也はミャンマーに旅立っていった。久也は現地駐在員としてレアアースの買付に走り回っていた。だけど、トップの白井治夫の方針で、現地の人々からの買付価格は先代の社長時代の七割と下げられた。そのせいで無数の人々が飢餓と貧困に苦しんでいることに久也は気づかされた。そんな底辺の社会的弱者や貧困の格差やそれを救うセーフティネットのおぼつかなさを嫌というほど体験した。同じように現地従業員に対しても白井社長時代はひどく賃金を下げていた。白井社長に現状を訴えても相手にされなかった。現地従業員の上に立って仕事をする困難さから久也は精神的に追い詰められた。三年前の一一月一〇日の朝よ。久也は帰国して《日岳物産》の東京本社前で睡眠導入剤を大量に服用して死んでいた。会社への抗議の自殺をしたのよ。わたしの久也は白井治夫と《日岳物産》に殺されたのよ。けれども、《日岳物産》はマスメディアを押さえ込み、この自殺の報道はごく簡単にされた。もちろん会社や白井社長の問題点にはひと言も触れなかった。わたしはそれからずっと白井治夫と《日岳物産》に対して復讐《ふくしゅう》する機会を狙っていた」

いままでとは別人のように、暗く厳しい顔の陽菜だった。

「泉沢さんの気持ちは自分と一緒だと思ってた。だから最初からうまくやってきた。あなたが立てた計画にもすべて従ってきたじゃない。《ディスマス》に参加していちばんよかったのはあなたという人間と出会えたことよ」

絵美瑠は静かな声で気持ちを伝えた。

陽菜も《ディスマス》のメンバーだったのだ。

そうか、これでわかった。なぜ絵美瑠たちが校内に侵入した際に校門が開いていたか、さらには視聴覚教室の外部に通ずるドアが開いていたか……すべては陽菜の仕業だったのだ。

「ありがとう、若槻さん。わたしも同じ日本企業のエゴによって愛する人を失ったあなたと出会えてよかった。だからこそ計画をあきらめてはいけない」

言葉を終えると、陽菜は唇を引き結んだ。

「だけど、真田さんはわたしたちのことを考えてくれたんだよ。わたしたちの生命を心配してくれた」

絵美瑠はしんみりとした口調で言った。

「わたしは自分の生命なんてどうでもいいの。この計画は最後までやらなきゃいけない。ブラジルへ逃げれば、マスコミを使っていくらでも自分たちの意見は主張できる。羽田空港で殺されたとしても、そんなに簡単にわたしたちの真実は覆い隠せない。さぁ、真田さん、いますぐヘリコプターを呼びなさい」

なにかに乗っ取られたみたいに、うわごとのように陽菜は喋《しゃべ》っている。

このような精神状態は大変に危険だと夏希は感じた。
「これからよ。これからわたしの戦いが始まるんだ」
陽菜の目は据わっていた。
放っておけば、陽菜は誰かを傷つける。
「わかった……いま電話します」
夏希は陽菜の目を見て、スマホを取り出した。
こっそりと夏希は画面上に作った緊急時メール発信のアイコンをタップした。
なにかのアクションをSISに期待した。
夏希がこの部屋に入ってからの時間で、なんらかの準備を進めているはずだ。
室内のようすも再びコンクリートマイクでモニターしているかもしれない。
ここは冴美を信頼するしかない。
夏希は織田に電話した。
「はい、指揮本部織田です」
織田の心配そうな声が響いた。ようやく大磯署の指揮本部に到着したらしい。
もう緊急発信メールが届いているはずだ。
すでにこちらの異常事態を知っているに違いない。

内容は「ＳＯＳ」だけだった。

「織田部長、ヘリコプターを呼んでください……」

こわばった声で夏希から電話を切った。

次の瞬間だった。

左手の西側ドアの上の天井近い位置にある換気窓から白い生き物が飛び込んできた。

「ギャーオッ」

叫び声が響いた。

「なんなのっ」

陽菜が叫んだ。

「ギーッ、ギーッ、ギャアーッ」

叫んでいるのはピリナだった。

「やめてーっ」

ピリナは陽菜の右手をくちばしでつついた。

陽菜は拳銃を放り出した。

床に落ちた拳銃はさっと絵美瑠が拾った。

五人の男たちも予想もしないタイハクオウムの攻撃には対処できないらしい。

根岸《ねぎし》分室の女王がここにやって来たことは、夏希にとっても夢のようだった。

次の瞬間、左右のドアが音を立てて開き、紺色の影が六人飛び込んできた。

六人は手に手に拳銃を持っている。

「Get down!!　Get down!!　Put your hands up!!」

左側で大きな声で叫んでいるのは小出だった。

「しゃがむんだ、手を上げろっ」

右側から青木の声が響いた。

五人の男性と絵美瑠はしゃがんで両手を上げた。

ナイフや銃器は放り出していた。

ＳＩＳの隊員たちは、一味に殺到して次々に手錠を掛けた。

「午後四時三七分、氏名不詳の男性五名、女性一名を銃刀法違反の現行犯で逮捕」

青木がくっきりとした声で宣言した。

突入は大成功だった。

そのときだった。

「バカなマネはよしなさいっ」

冴美の厳しい声が響いた。

「放っておいて。わたしは死にます」

陽菜がナイフを自分の首に向けて白目を剝《む》いていた。

いつの間にか冴美は準備室側から入室していた。

「これで終わりにしちゃいけない。わたしは真実を伝えなければならない。戦い続けなきゃいけないんだ」

顔を上げた陽菜はかぶりを振って悲痛な声で叫んだ。

「あんたはそんなに強い女じゃない。あんたには真田さんはもちろん、誰一人傷つけることはできやしないよ」

手錠を掛けられた絵美瑠が、数メートル先から静かな口調で言った。

「先生、どうしたの？」

目を覚ました土橋春人が訊《き》いた。

「死んじゃ嫌だ」

白井愛莉は泣き叫んだ。

「大丈夫、犯人は捕まったよ」

小寺政人が説得するような口調で言った。

三人の子どもたちはしきりに陽菜に声を掛けた。

陽菜は子どもたちの顔を見てナイフをぽろりと落とした。

床に当たる音が響いた。

「これは預かっておきます」

冴美はナイフを離れたテーブル上に置いた。

わっと泣き始めた陽菜は、崩れ落ちるようにシートに座り込んだ。

「もういいんだよ。すべて終わったの」

夏希はやさしく言って陽菜の背中を撫《な》でた。

「いいえ、終わらない……」

陽菜はほとんど泣き声で言った。

「泉沢さん、あなたの訴えたいことは裁判で訴えるしかない」

夏希は陽菜に向かって言った。

陽菜はがくりとうなだれた。

「みんなの安全のために、あなた自身のためにも手錠掛けますよ」

冴美が子どもたちから見えにくいように陽菜の右手に手錠を、続けて左手にも掛けた。

陽菜はがくりとうなだれた。

「青木、全員を指揮本部に連れていきなさい」

冴美は毅然とした声で命じた。

「了解っ」

青木は挙手の礼を冴美に送った。

歩み寄った青木たちは、陽菜と絵美瑠たちを連行してドアから出ていった。

「かわいそうに……いま縄を解いてあげるね」

縛られていることに気づいた冴美が、子どもたちに歩み寄った。

「おばさん、かっこいい。制服がバッチリ」

愛莉はにこっとして言った。

「そう？　ありがとう」

面食らったように冴美は答えた。

「おばさんは、なんの隊員なのですか」

真剣な顔で小寺政人は訊いた。

「ＳＩＳっていう警察の部隊なのよ」

冴美はまじめに答えた。

「ヒーローはどこ？」

春人も真剣な顔で訊いた。

「ほら、あそこにいるよ。ピリナって言うの。あの子がヒロインなの」

冴美はバトンに止まっているピリナを指さした。

「へぇー、女の子なの？」

愛莉は嬉《うれ》しそうに言った。

「もう一人のヒロインは、真田先生です。あなたたちを助けるために、自分の生命を懸けてここに来てくれたのよ」

冴美はにこにこと笑顔いっぱいに言った。

「ありがとうございました」

三人が声をそろえてゆっくりと言った。

「どういたしまして。みんなはおうちに帰ってパパやママに甘えて今日のことは忘れましょう。明日《あした》も元気に学校に来ましょうね」

明るい声で夏希は子どもたちに言った。

「ねぇ泉沢先生はどうしたの？」

愛莉が訊くと、春人も政人も真剣な顔でうなずいた。おそらく陽菜がなにか問題を起こしたことはわかっていて、気づかないフリをしていたのだろう。この子たちの心のケアは深刻な問題だ。

「大丈夫、あなた方は心配しなくていいの」

それだけ言うと、夏希は胸がいっぱいになって左側のドアから廊下に出た。

あえて照明が消された廊下は、窓からの残照でマジックアワーの光に包まれていた。

五条紗里奈《ごじょうさりな》と上杉輝久《うえすぎてるひさ》の二人が立っていた。

二人とも大磯に食事に来たかのようなラフな恰好《かっこう》をしていた。

紗里奈は淡いオレンジのパーカーを着て、上杉は薄緑色のブルゾンを着ている。二人ともボトムはウールパンツだった。

「夏希お姉ちゃん、お疲れさまでした」

かるく頭を下げて紗里奈は夏希をねぎらった。

「紗里奈ちゃん、心配掛けてごめん」

夏希は頭を下げた。

「ほんと、いままで心配だった。ピリナはいい働きしたでしょ」

ちょっと自慢げに紗里奈は笑った。

「ええ、SISの島津さんもピリナに助けられたと思うよ」

夏希は本音でそう思っていた。

あのタイミングでピリナが突入したからこそ、犯人一味は動きが取れなかったのだ。

その隙を突いて、SISは見事に突入に成功した。

「島津さんって素敵ですよね。お役に立てたなら嬉しい」

紗里奈はにこっと笑った。

「しかし、授業の後のホームルームがこんなに長くなるなんてな」

上杉があきれたように言った。

「本当です。もう学校にはあんまり来たくないなぁ」

冗談めかして夏希は肩をすくめた。

「いや、真田には学校が似合っているぞ」

まじめな顔で上杉は言った。

「そうですか」

夏希は肩をすくめた。

「うん、似合ってるよ。それはそうと、三人で飯でも食いにいくか」

上杉は夏希と紗里奈の顔を見ながら明るい声を出した。

「やったね！」

紗里奈が右手の指をパチンと鳴らした。

「あの……報告が」

夏希はとまどいの声を上げた。

「そんなの、織田を待たせとけよ」

笑い混じりに上杉は答えた。

「おい、上杉、真田を勝手に連れ去るなよ」

聞き覚えのある低い声のほうを見ると、佐竹管理官の姿があった。

チャコールグレーのスーツを着込んで、商社マンのような容貌でおだやかに笑っている。

隣には凪沙が寄り添うように立っていた。

「佐竹さん。重役出勤じゃないですか」

夏希は佐竹に向かっておどけてみせた。

「まったくひどい渋滞だったよ……前線本部にさっき到着したが、事件は真田と島津たちが解決してしまった。俺の出番はなかったよ。真田、今回は頑張ったな。ケガがなくてなによりだ」

佐竹管理官は冗談めかして眉根を寄せながら頭を掻いた。

ピリナの功績には触れなかったが、紗里奈は黙っていた。

「佐竹さん、真田は疲れているんだ。少し休ませろ。飯くらい食わせてやれよ」

いくらか強い調子で上杉が口を出した。

「じゃあ、飯を食ったら大磯署に顔を出せよ」

佐竹管理官は気弱に答えた。

「飲んでてもいいのならかまわないなぁ。真田」

ニヤニヤ笑いを浮かべながら、上杉は夏希の顔を見た。

「ええ、まぁそうですね。今日は乾杯したいところです」

夏希も笑顔で答えた。

「そりゃあ……困るな……まぁ事情を訊くのは明日でもいいか」

独り言のように佐竹管理官は言った。

「ところで、泉沢教諭はおとなしくしていますか」

最後まで気になっていたことを夏希は佐竹に訊いた。

「ずっと三企業の罪を叫び続けているよ。取調べでも主張し続けるだろう。あの手のタイプは自分の動機に自信を持っているからな」

考え深げに佐竹は答えた。

「確信犯ということですよね。結局、事件の裏は世間に出ますね」

紗里奈が目をぱちくりとしながら言った。

「そうだな。泉沢があれだけ叫んでいれば、少なくともここの教職員たちの耳には入るだろう。我々が黙っていても、ある程度の事情はひろがる。いずれどこぞの週刊誌なんかが三企業の悪行にメスを入れるだろう。ちなみに土橋春人の祖父、稲葉道康は《プルトリア》の会長時代にサブサハラアフリカ地域で携帯電話網を無理やり整備して、広域の畑地を潰したそうだ。その結果、かなりの人間が餓死することにつながったらしい。ま、三企業ともロクなことはしてなかったというわけだ」

佐竹はあいまいに笑った。

犯罪計画が失敗したからには、《ディスマス》は三企業の悪行をさらす行為には出ないかもしれない。彼らは自分たちの失敗を喧伝するようなことはあるまい。しかし、どこかのメディアが三企業の悪行をさらすことはありうる。

「すごいです。真田さんのお力で一人の負傷者も出ませんでした。わたしにとってこんなに勉強になる事件はありませんでした。そして、こんなに尊敬できる先輩がいて神奈川県警は素晴らしいところだと思います」

凪沙はまじめな顔で声を潤ませた。

「よしてよ。わたしは自分にできることをなんとかこなしただけ。やっぱり今回の主役は島津さんたちとピリナだよ」

夏希は照れ隠しに凪沙から紗里奈へと顔を向けた。

紗里奈は得意げに鼻をうごめかすと、上杉に向かって叫んだ。

「ちょっとピリナのケージを取りに行ってきまぁす」

さっと紗里奈は立ち去った。ピリナはまだ、視聴覚教室の高いところに止まっているのだろう。

いまは疲れきっていて、このまま食事に行きたい気持ちが強かった。

上杉のおかげで、それがかなうことはありがたかった。

やはり精神的にクタクタなのだ。

今夜は少しワインでも飲みながら、何人かの人生について静かに考えてみたいと夏希は思った。

窓の外には、きれいなグラデーションに染められた南西の空がひろがっていた。

地平線の濃い赤からオレンジに、さらに天穹《てんきゅう》は淡いブルーから濃いブルーに沈んでいる。

この季節の湘南の夕暮れは、故郷函館とは違う安定感があった。

本書は書き下ろしです。
本作はフィクションであり、登場する
人物・組織などすべて架空のものです。

脳《のう》科《か》学《がく》捜《そう》査《さ》官《かん》　真《さな》田《だ》夏《なつ》希《き》

ビター・シトラス

鳴《なる》神《かみ》響《きょう》一《いち》

令和７年　３月25日　初版発行

発行者●山下直久

発行●株式会社KADOKAWA
〒102-8177　東京都千代田区富士見2-13-3
電話　0570-002-301（ナビダイヤル）

角川文庫 24576

印刷所●株式会社暁印刷
製本所●本間製本株式会社

表紙画●和田三造

●お問い合わせ
https://www.kadokawa.co.jp/（「お問い合わせ」へお進みください）
※内容によっては、お答えできない場合があります。
※サポートは日本国内のみとさせていただきます。
※Japanese text only

ISBN 978-4-04-115891-3　C0193

◇◇◇

角川文庫発刊に際して

角川源義

第二次世界大戦の敗北は、軍事力の敗北であった以上に、私たちの若い文化力の敗退であった。私たちの文化が戦争に対して如何に無力であり、単なるあだ花に過ぎなかったかを、私たちは身を以て体験し痛感した。西洋近代文化の摂取にとって、明治以後八十年の歳月は決して短かすぎたとは言えない。にもかかわらず、近代文化の伝統を確立し、自由な批判と柔軟な良識に富む文化層として自らを形成することに私たちは失敗して来た。そしてこれは、各層への文化の普及滲透を任務とする出版人の責任でもあった。

一九四五年以来、私たちは再び振出しに戻り、第一歩から踏み出すことを余儀なくされた。これは大きな不幸ではあるが、反面、これまでの混沌・未熟・歪曲の中にあった我が国の文化に秩序と確たる基礎を齎らすためには絶好の機会でもある。角川書店は、このような祖国の文化的危機にあたり、微力をも顧みず再建の礎石たるべき抱負と決意とをもって出発したが、ここに創立以来の念願を果すべく角川文庫を発刊する。これまで刊行されたあらゆる全集叢書文庫類の長所と短所とを検討し、古今東西の不朽の典籍を、良心的編集のもとに、廉価に、そして書架にふさわしい美本として、多くのひとびとに提供しようとする。しかし私たちは徒らに百科全書的な知識のジレッタントを作ることを目的とせず、あくまで祖国の文化に秩序と再建への道を示し、この文庫を角川書店の栄ある事業として、今後永久に継続発展せしめ、学芸と教養との殿堂として大成せんことを期したい。多くの読書子の愛情ある忠言と支持とによって、この希望と抱負とを完遂せしめられんことを願う。

一九四九年五月三日

角川文庫ベストセラー

脳科学捜査官 真田夏希
パッショネイト・オレンジ
鳴神響一

脳科学捜査官 真田夏希
デンジャラス・ゴールド
鳴神響一

脳科学捜査官 真田夏希
エキサイティング・シルバー
鳴神響一

脳科学捜査官 真田夏希
ストレンジ・ピンク
鳴神響一

脳科学捜査官 真田夏希
エピソード・ブラック
鳴神響一

鎌倉でテレビ局の敏腕アニメ・プロデューサーが殺された。犯人からの犯行声明は、彼が制作したアニメを批判するもので、どこか違和感が漂う。心理職特別捜査官の真田夏希は、捜査本部に招集されるが……。

葉山にある霊園で、大学教授の一人娘が誘拐された。その娘、龍造寺ミーナは、若年ながらプログラムの天才。果たして犯人の目的は何なのか？　指揮本部に招集された真田夏希は、ただならぬ事態に遭遇する。

キャリア警官の織田と上杉の同期である北条直人が失踪した。北条は公安部で、国際犯罪組織を追っていたという。北条の身を案じた2人は、秘密裏に捜査を開始するが――。シリーズ初の織田と上杉の捜査編。

神奈川県茅ヶ崎署管内で爆破事件が発生した。捜査本部に招集された心理職特別捜査官の真田夏希は、SNSを通じて容疑者と接触を試みるが、容疑者は正義を掲げ、連続爆破を実行していく。

警察庁の織田と神奈川県警根岸分室の上杉。二人には、決して忘れることができない「もうひとりの同期」がいた。彼女の名は五条香里奈。優秀な警察官僚だった彼女は、事故死したはずだった――。

角川文庫ベストセラー

脳科学捜査官 真田夏希
ヘリテージ・グリーン
鳴神響一

神奈川県警の心理職特別捜査官・真田夏希は小川と鎌倉の鶴岡八幡宮に初詣に来ていた。だが、鎌倉市西御門の北条義時法華堂跡で爆発騒ぎがあり、2人に緊急召集がかかった。果たして犯人の目的は——。

脳科学捜査官 真田夏希
クリミナル・ブラウン
鳴神響一

神奈川県警の心理職特別捜査官・真田夏希に突如贈られてきた人形。その衣装は夏希に見覚えがあるものだった。身の危険を感じる夏希。さらに、捜査本部に招集された彼女に衝撃の事件が——。書き下ろし。

脳科学捜査官 真田夏希
ナスティ・パープル
鳴神響一

神奈川県警の特別捜査官・真田夏希は、出勤後にいきなり異動を命じられた。警察庁で新たに新設されたサイバー特捜隊に参加しろというのだ。そして、特捜隊の庁舎には、思わぬ人物が待ち構えていた——。

脳科学捜査官 真田夏希
イリーガル・マゼンタ
鳴神響一

警察庁のサイバー特別捜査隊に異動となった心理分析官の真田夏希は、あらゆるシステムに侵入し、手足の如く捜査をかく乱する犯人に対し、絶体絶命の危機に陥った。隊長の織田と夏希は窮地を乗り切れるか？

脳科学捜査官 真田夏希
サイレント・ターコイズ
鳴神響一

神奈川県警初の心理職特別捜査官の真田夏希は、警察庁に新設されたサイバー特捜隊の隊員となった。ある日、身近なロボットたちが暴走を始めた。企業を狙った犯行か、サイバー特捜隊への挑戦か⁉

角川文庫ベストセラー

超・殺人事件 東野圭吾

人気作家を悩ませる巨額の税金対策。思いつかない結末。褒めるところが見つからない書評の執筆……作家たちの俗すぎる悩みをブラックユーモアたっぷりに描いた切れ味抜群の8つの作品集。

魔力の胎動 東野圭吾

彼女には、物理現象を見事に言い当てる、不思議な"力"があった。彼女によって、悩める人たちが救われていく……東野圭吾が小説の常識を覆した衝撃のミステリ『ラプラスの魔女』につながる希望の物語。

不屈の記者 本城雅人

中央新聞の那智紀政は、記者の伯父が残した、謎の建設工事資料の解明に取り組んでいた。伯父は、伝説の調査報道記者と呼ばれていたが、病に倒れてしまったのだ。那智は、仲間たちと事件を追うが——。

宿罪
二係捜査（1） 本城雅人

東村山署刑事課長の香田は、水谷巡査の葬儀で、心残りだった事件の再捜査を決意する。その事件は、彼女が更生させたひとりの少女の謎の失踪事件。香田は「遺体なき殺人事件」を追う信楽刑事に協力を願い出る。

逆転
二係捜査（2） 本城雅人

人権派弁護士によって無罪を勝ち取った男がいた。だが、男は、女児殺害の疑いで、再び逮捕された。過去の事件は本当に無罪だったのか。事件の闇に、二係捜査の信楽と森内が再び挑む！ 書き下ろし。

角川文庫ベストセラー

圏外捜査
特命捜査対策室・椎名真帆
山邑　圭

警視庁捜査一課特命捜査対策室に出向となった椎名真帆は、名前とは全く異なる仕事に戸惑いを隠せなかった。訳ありの係長と、キャリア警部が同室の女性3人の部署。捜査資料の整理のみの仕事のはずが――。

強行捜査
特命捜査対策室・椎名真帆
山邑　圭

警視庁特命捜査対策室の椎名真帆は、上司の重丸が指揮をして犯人を取り逃がした事件に、不可解な点を見つけ出した。キャリアの有沢の協力を得ながら、単独捜査を強行する真帆だが……書き下ろし警察小説。

孤狼《ころう》の血
柚月裕子

広島県内の所轄署に配属された新人の日岡はマル暴刑事・大上とコンビを組み金融会社社員失踪事件を追う。やがて複雑に絡み合う陰謀が明らかになっていき……男たちの生き様を克明に描いた、圧巻の警察小説。

最後の証人
柚月裕子

弁護士・佐方貞人がホテル刺殺事件を担当することに。被告人の有罪が濃厚だと思われたが、佐方は事件の裏に隠された真相を手繰り寄せていく。やがて7年前に起きたある交通事故との関連が明らかになり……。

検事の本懐
柚月裕子

連続放火事件に隠された真実を追究する「樹を見る」、東京地検特捜部を舞台にした「拳を握る」ほか、正義感あふれる執念の検事・佐方貞人が活躍する、司法ミステリ第2弾。第15回大藪春彦賞受賞作。